Monika Felten

ASCALON

Das magische Pferd

Die Wächter des Schicksals

Thienemann

Das Schicksal schenkte dir ein Pferd.
Reiten musst du es allein.

Aus Litauen

»Ascalon . . . !«

Sanft wie ein Windhauch strich die melodische Stimme über die von Nebelschleiern umwobene Wiese.

»Ascalon!«

Der Ruf hatte etwas Zwingendes, dem man sich nur schwer entziehen konnte. Aber die fünfzig Pferde, die diese milde Spätsommernacht im Freien verbrachten, schienen ihn nicht zu hören. In kleinen Gruppen standen sie beisammen, ließen die Köpfe hängen, grasten oder dösten im Mondschein. Alle, bis auf eines.

Ein prächtiger Wallach mit nussbraunem Fell, hellen Fesseln, schneeweißer Mähne und ebensolchem Schweif stand allein auf einem Hügel inmitten schlafender Blumen. Die Ohren aufgerichtet starrte er wachsam in den Nebel hinaus. Die Stimme berührte ihn und weckte etwas, das viele Jahre wohlverborgen in ihm geschlummert hatte.

»Ascalon …«

Die Nebelschwaden am Fuß des Hügels bewegten sich heftiger. Obwohl kein Windhauch die Halme der Wiese neigte, zerflossen die hauchdünnen Schleier wie in einem Tanz, um sich wenig später an anderer Stelle zu einer weißen Wolke zu verdichten. Sie umkreisten und berührten sich und stiegen schließlich gemeinsam auf, um die Gestalt einer geisterhaft schönen Frau zu formen. Diese trug ein Kleid ohne Ärmel, das um die Taille gegürtet war. Ihre Haare waren hochgesteckt.

Der Wallach schnaubte. Seine Instinkte drängten ihn zur Flucht, aber er galoppierte nicht davon. Etwas hielt ihn zurück. Der Anblick der Frau weckte Erinnerungen in ihm. Er sah Bilder, nicht mehr als winzige Bruchstücke eines Ganzen, und dennoch jedes für sich einzigartig: Menschen, die er nie gesehen hatte und denen er sich trotzdem verbunden fühlte. Landschaften, durch die er nie gekommen war und die ihm dennoch bekannt vorkamen. Ställe, die unterschiedlicher nicht hätten sein können und die ihm doch alle wie eine Heimat waren.

Verwirrt scharrte er mit dem Huf. Dabei ließ er die geisterhafte Gestalt der Frau nicht aus den Augen, die nun langsam den Hügel hinaufschwebte. Hochgewachsen war sie, ehrwürdig und unnahbar, doch da war noch etwas. Etwas, das ihn magisch anzog. Sie war wie die Flut der Bilder, fremd und verwirrend, aber auf geheimnisvolle Weise auch vertraut.

»So habe ich dich endlich wiedergefunden.« Die Frau breitete die Nebelarme aus und kam auf ihn zu.

Der Wallach stand wie angewurzelt. Die Ohren nach vorn gerichtet, die Nüstern angstvoll geweitet. Er zitterte.

Wie ein kühler Hauch legte sich ihre Hand auf seine Stirn.

»Ascalon«, sagte sie noch einmal so sanft und leise, als müsse sie sich erst an den Namen gewöhnen. Dann lächelte sie. »Welch schöner Name. Und so treffend. Wer hätte gedacht, dass du einmal den Namen einer alten ägyptischen Stadt tragen würdest. Ich bin sicher, Ramses II. hätte seine Freude daran.« Sie streichelte ihm liebevoll über den Hals.

»Es ist Zeit«, raunte sie ihm zu. »Ich rufe dich zu mir. Große Aufgaben warten auf dich.«

Ascalon schnaubte leise. Die Worte der geheimnisvollen Frau öffneten auch die letzten verborgenen Türen seines Geistes und machten den Weg frei für etwas Machtvolles und Einzigartiges, das von ihm Besitz ergriff und das ihn von nun an für immer von allen anderen Pferden unterscheiden würde. Mit dem Wissen schwand die Angst. Ascalon beruhigte sich. Sein Atem ging ruhig, er zitterte nicht mehr. Das uralte Erbe in ihm war erwacht. Er wusste, was er zu tun hatte.

»So ist es gut.« Die Frau löste sich von ihm und schenkte ihm ein Lächeln. »Wir sehen uns bald wieder, mein Freund«, sagte sie voller Wärme. »Möge deine Suche erfolgreich sein.«

Ein geheimnisvoller Patient

Muriel saß an ihrem Schreibtisch und füllte die Kästchen ihres Notizblocks sorgfältig mit blauer Tinte aus. Nicht jedes, nur jedes zweite. Aus dem blau-weißen Muster entstand eine Raute, die sich rasch in ein kleines Schachbrett verwandelte. Und immer noch kamen weitere Kästchen hinzu.

Muriel seufzte und schaute auf den sonnenbeschienenen Hof hinunter, wo Andrea, die Pferdepflegerin des Birkenhofs, und Vivien, Muriels kleine Schwester, dem betagten Irish-Hunter-Hengst Matador gerade eine gründliche Wäsche verpassten.

»Die haben es gut«, murmelte sie vor sich hin und richtete den Blick fast widerwillig auf die beiden Bücher und das Heft, die aufgeschlagen vor ihr lagen.

Normalerweise hätte sie das Referat über die Hexenverfolgung im Mittelalter mit wenigen Sätzen abgehandelt, aber Frau Martoni, ihre Geschichtslehrerin, bestand darauf, dass jeder einen Fließtext von mindestens zwei Seiten schreiben müsse, in dem auch die Ursachen des Problems geschildert werden sollten.

... *Die Hexenverfolgung im Mittelalter war grausam und ungerecht.*

Wohl schon zum hundertsten Mal überflog Muriel den ersten und einzigen Satz, der in ihrem Heft stand. Und wohl schon zum hundertsten Mal fand sie, dass damit doch eigentlich alles gesagt war. Meinte ihre Mutter nicht immer, dass es besser sei, alles kurz und knapp auf den Punkt zu bringen, statt lange herumzuschwafeln?

Jetzt fehlte eigentlich nur noch der Satz: *Das hätte alles nicht sein müssen, wenn die Menschen damals nicht so abergläubisch gewesen wären.* Dann wäre das Referat fertig. Aber so einfach war das leider nicht.

Missmutig warf Muriel einen Blick auf ihre Armbanduhr.

Schon halb drei.

In einer halben Stunde würde Nadine kommen. Und sie hatte Nero noch nicht einmal aus dem Stall geholt.

Nadine! Muriels Miene hellte sich auf. Nadine hatte ihr Referat bestimmt längst fertig. Und ganz sicher hatte ihre Freundin auch ein paar schöne Sätze und Argumente gefunden, die sie sich vor dem geplanten Ausritt noch schnell notieren konnte.

Das war die Idee.

Muriel steckte die Kappe auf den Füller, klappte das Geschichtsbuch zu und stand auf. Die paar Sätze konnte sie auch heute Abend noch aufschreiben. Der Nachmittag war gerettet.

In rekordverdächtiger Zeit tauschte sie ihre Jeans gegen eine Reithose, zog sich das dunkelblaue Sweatshirt mit der Aufschrift »Zickige Pferdenärrin« über und stürmte die Treppe hinunter in den Flur, wo sich wie immer ein ganzes Sammelsurium aus Reitstiefeln, Chaps, Reitwesten und Reitkappen in dem kleinen Garderobenraum neben der Haustür tummelte.

In Windeseile schlüpfte sie in ihre Stiefel, schnappte sich Kappe und Gerte und wollte gerade hinauslaufen, als die Küchentür geöffnet wurde und Teresa in den Flur kam.

»Na, mi chica? Haben wir unsere Hausaufgaben schon fertig?«, fragte sie mit einem kommissarischen Blick auf Muriels Reiteroutfit.

»So gut wie.« Muriel setzte ein gewinnendes Lächeln auf. Sie wusste, dass es keinen Sinn hatte, der resoluten Spanierin etwas vorzuschwindeln. »Die Perle des Hauses«, wie ihre Mutter Teresa immer zu nennen pflegte, arbeitete schon eine Ewigkeit im Haus der Vollmers und durchschaute so ziemlich alle Tricks und Ausflüchte der Kinder. Sie hatte Muriel, Mirko und Vivien schon die Windeln gewechselt und im Lauf der Jahre mehr Zeit mit ihnen verbracht als Muriels Mutter, Renata Vollmer, die als erfolgreiche Tierärztin und Pferdetherapeutin immer sehr beschäftigt war.

Die sechsundfünfzigjährige recht rundliche Spanierin war für alles zuständig, was im Haus an Arbeit anfiel: Kinder betreuen, kochen, sauber machen ... und Hausaufgaben beaufsichtigen.

»Geschichte mache ich heute Abend fertig«, versprach Muriel. »Ich muss Nadine dazu noch was fragen.«

»So, so.« Teresa schien nicht ganz überzeugt, nickte dann aber und fragte: »Wollt ihr denn heute noch ausreiten?«

»Ja. Nadine kommt um drei.«

»Gut, dann nehmt doch bitte Titus mit. Der faule Kerl lungert schon den ganzen Nachmittag in der Küche herum, bettelt und stört mich beim Backen.«

»Dein Butterkuchen ist eben unwiderstehlich.« Muriel lachte, sagte dann aber wenig begeistert: »Na gut, wenn es unbedingt sein muss, kann er mitkommen. Ich kann ihn auch jetzt schon mit rausnehmen.«

»Nein, das geht nicht.« Teresa schüttelte den Kopf. »Deine Mutter erwartet heute Nachmittag noch einen Patienten. Sie sagt, Titus muss im Haus bleiben, bis das Pferd in der Box ist.«

»Einen Patienten?« Muriel horchte auf. »Was ist es denn für ein Pferd?«

»Bedaure.« Teresa schüttelte den Kopf und zog die Schultern hoch. »Das weiß ich leider auch nicht. Aber es scheint sehr ängstlich zu sein, sonst könnte Titus ja nach draußen.« Sie seufzte übertrieben. »Dios mío! Ich hoffe, es kommt bald. Dieser Hund raubt mir den letzten Nerv.«

»Das hoffe ich auch. Ich würde es nämlich gern noch sehen, bevor wir losreiten.« Mit wenigen Schritten war Muriel an der Haustür. Teresas Bemerkungen über das Pferd hatten ihre Neugier geweckt. Da es auf dem Birkenhof neben fünf Privatpferden nur betagte oder kränkelnde Pferde gab, die hier ihr Gnadenbrot bekamen, hatten es ihr die seltenen Gäste in den Patientenboxen immer besonders angetan.

Araber, Lipizzaner, Hannoveraner und andere edle Pferderassen waren in den vergangenen Jahren schon dort untergebracht worden und Muriel hatte nie genug davon bekommen können, die prächtigen Tiere zu bewundern.

In den Wintermonaten waren die Patientenboxen, wie ihre Mutter die vier geräumigen Boxen in einem abgeteilten Raum des Stalls nannte, meistens leer. Die Besitzer teurer Pferde wollten ihre Tiere dann lieber in den heimischen Stallungen behandeln lassen und ihnen die anstrengende Fahrt im Anhänger ersparen.

Dass an diesem Tag ein Patient erwartet wurde, überraschte Muriel. Ihre Mutter hatte gar nichts davon erzählt und sie war sehr gespannt, was es diesmal für ein Pferd sein würde.

Mit dem Halfter in der Hand ging die Dreizehnjährige in den Stall, um Nero, einen betagten Percheron-Wallach, auf den Hof zu führen. Trotz seiner einundzwanzig Jahre war Nero immer noch ein hübscher Kaltblüter und Muriels Liebling unter den Pferden des Birkenhofs. Mit seinem feinen geraden Kopf, der breiten Stirn, den kleinen Ohren und den großen, intelligent blickenden Augen hatte er ihr Herz im Sturm erobert, als er im vergangenen Jahr auf den Hof kam. Als sie dann noch erfahren hatte, dass seine Vorfahren früher sogar die Ritter zu den Kreuzzügen getragen hatten, empfand sie zudem noch tiefe Bewunderung für die starke Pferderasse.

Dass Neros Vergangenheit weit weniger spektakulär war, störte sie wenig. Der Wallach war von einem Forstbesitzer zum Holzrücken in unwegsamem Gelände eingesetzt worden und hatte sich sein Gnadenbrot durch die schwere Arbeit redlich verdient.

Für einen schnellen Galopp und gewagte Sprünge taugte Nero nicht mehr, trotzdem machte es Muriel großen Spaß, mit ihm auszureiten. Auf einem Kreuzzug war man schließlich auch nicht im Galopp geritten.

Als sie an die Box kam, steckte Nero ihr freudig die weichen Nüstern entgegen.

»Hallo, Nero, altes Haus«, begrüßte sie den Wallach und klopfte ihm voller Zuneigung den Hals. »Hast du Lust auf einen Ausritt?«

Nero antwortete mit leichtem Schnauben. Gutmütig, wie er war, ließ er sich das Halfter anlegen und folgte Muriel mit behäbig klackenden Schritten auf den Hofplatz.

Als Vivien Muriel entdeckte, ließ sie den Schwamm in den Putzeimer platschen und kam zu ihr herübergelaufen.

»Willst du ausreiten?«, fragte sie.

»Sieht man das nicht?« Muriel grinste ihre kleine Schwester an. Abgesehen von der ständigen Fragerei, die manchmal ganz schön nervte, war die Sechsjährige eigentlich ein liebes Mädchen.

»Darf ich rauf?«, fragte Vivien und hob die Arme bettelnd in die Höhe.

»Klar!« Schwungvoll setzte Muriel Vivien auf Neros breiten Rücken. Der Wallach rührte sich nicht. Er schien das Gewicht nicht einmal zu spüren.

»Mama bekommt heute ein neues Pferd«, tönte die Kleine von oben herunter.

»Sie bekommt kein Pferd, sondern einen neuen Patienten«, korrigierte Muriel und sagte dann: »Bleib ruhig sitzen. Ich hole nur schnell den Putzkasten.«

Als Muriel mit dem Putzkasten in der Hand auf den Hof zurückkehrte, konnte sie sich ein Schmunzeln nicht verkneifen. Vivien hatte sich weit nach vorn gebeugt und lag mit dem Oberkörper flach auf Neros Rücken. Ihre dünnen Arme hingen zu beiden Seiten des mächtigen Leibs herunter, ganz so, als wolle sie den Wallach umarmen.

»Aufwachen!« Lachend strich Muriel ihrer Schwester mit dem Gummistriegel über das schulterlange blonde Haar.

Vivien kicherte und setzte sich auf. »Es ist ein Americän-Säddelbräd-Pferd«, sagte sie in holprigem Englisch.

»Wer?« Muriel war mit den Gedanken schon beim Putzen und verstand nicht sofort, wovon Vivien sprach.

»Na, das neue Pferd!«

»Woher weißt du das denn?«, wollte Muriel wissen.

»Von Andrea!« Es war nicht zu übersehen, wie sehr Vivien es genoss, einmal mehr als ihre große Schwester zu wissen. »Ich habe ihr heute Morgen geholfen, die Box fertig zu machen. Da hat sie es mir erzählt.«

»Aha!« Muriel hatte mit dem Hufauskratzen begonnen und sah nicht einmal auf. Sie konnte es nicht leiden, wenn Vivien so wichtig tat, und gab sich betont gleichgültig. »Dann kannst du mir ja sicher auch sagen, wie so ein Pferd aussieht.«

»Braun!«, kam Viviens Antwort wie aus der Pistole geschossen. »Es hat einen blonden Schweif und eine wunderschöne weiße Wallemähne.«

»So? Stimmt das auch?«

»Na klar!«, rief Vivien empört aus. »Andrea hat mir ein Bild gezeigt.«

»Na, dann muss es ja richtig sein.« Muriel ließ den Hinterhuf los und widmete sich dem nächsten. »Wann kommt es denn?«, fragte sie in der Hoffnung, dass Vivien nun zugeben müsse, es nicht zu wissen.

»Jetzt!« Vivien vollführte eine so schnelle Drehung auf Neros Rücken, dass der Wallach erschrocken zusammenzuckte. Der schwere Huf glitt Muriel aus den Händen und verfehlte ihren Fuß nur um Haaresbreite.

»Mensch, Vivien, ich habe dir doch gesagt, du sollst still sitzen!«, fuhr sie ihre Schwester an. »Jetzt hätte Nero mir fast ...« Sie verstummte, weil in diesem Augenblick ein schwarzer Jeep mit Pferdeanhänger auf den Hof gerollt kam.

»Sag ich doch, dass es jetzt kommt!«, rief Vivien fröhlich, ließ sich gekonnt von Neros Rücken heruntergleiten und lief dem Jeep entgegen, um ja nichts von der Ankunft des neuen Pferdes zu verpassen.

Muriel war auch neugierig, aber mit dreizehn wusste sie sich zurückzunehmen und so widmete sie sich zunächst weiter Neros Fellpflege. Dass sie dabei den Jeep gut im Blick hatte, war nicht wirklich ein Zufall, wirkte allerdings lange nicht so aufdringlich wie Viviens Gehabe, die gerade auf einen Stapel Strohballen kletterte, um als Erste einen Blick in den Pferdeanhänger werfen zu können.

Mitten auf dem Hof hielt der Jeep an. Die Beifahrertür wurde geöffnet und Muriel sah, wie sich ein ausladender weißer Hut mit schwarzen Federn langsam über das Wagendach erhob.

»Mon Dieu, Louis!«, hörte sie eine hysterisch klingende Frauenstimme schimpfen. »Warum sin' Sie nischt weiter an die Rand gefahren? Diese Matsch 'ier ist une Katastrof!«

Sie machte einige unbeholfene Schritte in Richtung der

Haustür, blieb aber gleich wieder stehen und schimpfte lautstark auf Französisch vor sich hin.

Kein Wunder bei dem Aufzug! Muriel schüttelte den Kopf. Passend zum Hut trug die Frau einen eleganten, schwarz-weißen Mantel, eine schwarze Handtasche aus Lackleder und vermutlich Schuhe, die alles andere als matschtauglich waren.

Auf so feinen Besuch war der Birkenhof nun wirklich nicht eingestellt.

»Ah, Madame de Chevalier!«

Die Tür des reetgedeckten Wohnhauses wurde geöffnet. Muriels Mutter kam heraus und eilte über den Hof, um die Besucherin zu begrüßen. Wie immer, wenn sie zu Hause war und im Labor arbeitete, trug sie einen weißen Kittel und hatte die langen braunen Haare am Hinterkopf hochgesteckt.

Muriel konnte sich ein Grinsen nicht verkneifen, als sie ihre Mutter sah. Die olivgrünen Gummistiefel waren auf dem matschigen Hof durchaus angebracht, passten aber so gar nicht zum blitzsauberen Laboroutfit. Offenbar war die Kundin zu früh gekommen und ihre Mutter hatte keine Zeit gefunden, sich umzuziehen.

»Sie kommen aber früh.« Lächelnd reichte Renata Vollmer Madame de Chevalier die Hand. »Bitte entschuldigen Sie meinen unpassenden Aufzug«, sagte sie und fügte, wie um Muriels Vermutung zu bestätigen, hinzu: »Ich habe Sie erst in einer halben Stunde erwartet.«

»Excusez-moi, Madame Vollmeer«, sagte Madame de Chevalier mit deutlich französischem Akzent. »Isch wollte Ihnen keine Umstände machen.«

»Das tun Sie auch nicht«, beeilte sich Muriels Mutter zu erklären und erkundigte sich: »Hat Ascalon die lange Fahrt gut überstanden?«

»Oh, aber sischer.« Madame de Chevalier deutete in den Wagen, wo ein junger Mann mit Chauffeurkappe am Steuer saß. »Louis ist eine sehr umsischtige Chauffeur«, erklärte sie, während sie mit einer Hand ihren ausladenden Hut ein wenig nach hinten schob und sich naserümpfend auf dem Hofplatz umblickte. »Wo gedenken Sie Ascalon untersubringen?«

»Dort hinten im Stall. Andrea hat bereits eine meiner Patientenboxen für ihn vorbereitet.« Renata Vollmer deutete auf das weiß gestrichene Backsteingebäude, das dem Wohnhaus gegenüber stand. »Möchten Sie einmal einen Blick hineinwerfen?«

»Non, non, non.« Madame de Chevalier winkte energisch ab. »Isch denke, das ist nischt nötig«, sagte sie höflich, während sie den vom nächtlichen Regen aufgeweichten Hofplatz mit deutlichem Abscheu musterte. »Ihre Stallburschen können die Pferd in die Stall bringen.«

»Möchten Sie vielleicht so lange im Haus einen Kaffee trinken?«, bot Muriels Mutter an. »Teresa hat gerade Butterkuchen gebacken. Ich bin sicher, er ist schon fertig.«

Madame de Chevalier warf einen Blick auf die nicht

minder matschige Wegstrecke vom Wagen bis zum Haus und sagte dann: »Merci, vielen Dank, aber isch warte lieber im Wagen.«

Die Frau war wirklich unmöglich!

Kaum zu glauben, dass die ein Pferd reitet, dachte Muriel belustigt. Vermutlich hat sie zu Hause eine ganze Armee von Pferdewirten, die ihr das Tier fein säuberlich herausputzen und fertig gesattelt auf einem roten Teppich zum Ausritt bereitstellen, während sie sich vor dem Spiegel in die teuerste Reituniform zwängt, die es in Frankreich zu kaufen gibt.

»Wir 'aben ja schon alles an die Telefon besprochen«, hörte Muriel die Französin sagen und sah, wie diese einen weißen Umschlag aus der Handtasche zog. »'ier 'aben Sie, wie vereinbart, die Summe für die ersten vierssehn Tage«, sagte sie und reichte ihn Muriels Mutter.

»Ja, danke.« Renata Vollmer wirkte etwas verlegen. »Wollen Sie wirklich nicht hineingehen?«, fragte sie noch einmal.

»Non, non. Das ist nisch nötig.« Madame de Chevalier winkte erneut ab. »Isch 'abe 'eute noch eine wichtige Termin mit meine Agent!«, erklärte sie in gebrochenem Deutsch. »Da'er wäre isch Ihnen sehr dankbar, wenn Sie Ascalon vite, vite ausladen würden.«

»Selbstverständlich.« Renata Vollmer nickte und rief: »Muriel? Andrea? Kommt ihr mal her und helft mir, das Pferd in die Box zu bringen?«

»Mon Dieu!«, entfuhr es Madame de Chevalier. »Sie wollen sisch selbst mit die Pferd abplagen? 'aben Sie denn keine Stallburschen?«

»Nein, das mache ich lieber selbst.« Renata Vollmer faltete den Umschlag zusammen, steckte ihn in die Brusttasche des Kittels und lächelte entschuldigend. »Er ist schließlich mein Patient, so kann ich ihn gleich ein wenig kennenlernen.« Sie nickte Madame de Chevalier zu und ging um den Wagen herum, um die Klappe des Anhängers zu öffnen. »Fasst mal mit an!«, rief sie Muriel und Andrea zu, die auf der anderen Seite der Ladeklappe standen. »Vorsichtig runterlassen.«

Während Andrea den Riegel löste, stand Muriel daneben und reckte den Hals. Sie hatte noch nie ein American Saddlebred Horse aus der Nähe gesehen, obwohl sie die prächtigen Pferde schon bei so mancher Show bewundert hatte. Sollte Vivien tatsächlich recht haben?

Ein donnernder Huftritt ließ die Laderampe erzittern. Offensichtlich spürte das Pferd, dass es den engen Verschlag bald verlassen konnte, und wurde ungeduldig.

»Aufpassen!«, rief Muriels Mutter. »Die Klappe ist sehr schwer.«

»Vermutlich handgeschnitztes, brasilianisches Edelhartholz«, raunte Andrea Muriel in Anspielung auf die wohlhabende Madame de Chevalier zu.

»Was sonst?« Muriel grinste. Dann fasste sie mit an, um die Rampe nach unten zu klappen.

»Wow!«, entfuhr es Andrea, die als Erste einen Blick auf den Patienten werfen konnte. »Das nenn ich ein prachtvolles Pferd!«

»Cool!« Muriel fehlten die Worte. Natürlich hatte sie gewusst, wie ein American Saddlebred Horse aussah, aber das Pferd im Anhänger war mit Abstand das schönste von allen.

»Siehst du, ich hab doch gesagt, dass es ein Säddelbräd Horse ist«, tönte Vivien von hinten und zupfte Muriel am Ärmel.

»Vivien, geh ein Stück zur Seite.« Renata Vollmer stieg die Rampe hinauf, um das Pferd loszubinden. »Ascalon hat eine lange Reise hinter sich und ist nervös.«

»Woher kommt er denn?« Vivien rührte sich nicht von der Stelle.

»Hast du nicht gehört, was Mama gesagt hat?«, zischte Muriel ihr zu. »Du sollst weggehen.«

»Erst wenn ich weiß, woher das Pferd kommt!« Vivien verschränkte die Arme vor der Brust und schob trotzig die Unterlippe vor.

»Nervensäge!« Muriel verdrehte die Augen und schnitt eine Grimasse. Dann packte sie ihre kleine Schwester am Arm und zerrte sie hinter den Jeep. »Kannst du schon lesen?«, fragte sie pampig.

»Klar!«, erwiderte Vivien ungerührt.

»Dann lies mal, was da steht!« Muriel deutete auf das Nummernschild.

»8793 AD 67.«

»Nein, nicht das! Den Buchstaben da vorn auf dem blauen Grund.«

»F«, sagte Vivien.

»Gut.« Muriel seufzte hörbar. »Dann haben wir das ja geklärt.«

Sie machte kehrt, um wieder zu ihrer Mutter zu gehen, da hörte sie Vivien rufen: »Du bist gemein, Muriel! Ich weiß doch immer noch nicht, was das bedeutet!«

»Frankreich!« Muriel machte sich nicht die Mühe, sich zu ihrer Schwester umzublicken. Für Viviens Fragen hatte sie jetzt keine Zeit. Sie wollte auf keinen Fall verpassen, wie ihre Mutter das Pferd aus dem Anhänger führte.

Rätsel um Ascalon

Vivien war wieder einmal schneller als ihre große Schwester. Flink wie ein Wiesel sauste sie an Muriel vorbei, blieb dann aber wie angewurzelt stehen, als ihre Mutter Ascalon aus dem Anhänger führte und rief: »Muriel, sieh mal, ist der nicht wunderschön?«

Muriel gab Vivien nur ungern recht, aber diesmal stimmte es wirklich. Jede Bewegung des stattlichen Wallachs strotzte nur so vor Anmut und Eleganz, als er die Rampe herunterschritt. Das braune Fell glänzte seidig im Sonnenlicht, der Schweif und die langen blonden Mähnenhaare wallten so leicht und fedrig, wie Muriel es nie für möglich gehalten hätte. Ascalon war wirklich etwas ganz Besonderes.

Aber da war noch etwas ...

Wie zufällig begegnete Muriels Blick dem des Pferdes. Die großen dunklen Augen schlugen sie sofort in ihren

Bann. Ihr Herz pochte heftig und sie fühlte eine prickelnde Wärme, die sich, wie ein plötzliches Glücksgefühl aus dem Bauch kommend, rasend schnell in ihrem ganzen Körper ausbreitete. Und während sie noch staunend in sich hineinhorchte, spürte sie im Geiste die sanfte Berührung einer fremden Wesenheit. Das Gefühl war beängstigend, aber auch seltsam vertraut. Ganz so, als würde sie jemandem begegnen, den sie lange nicht gesehen hatte und der sich sehr verändert hatte. Muriel war zutiefst verwirrt. Sie versuchte sich abzuwenden, aber es gelang ihr nicht, sich von dem Blick zu lösen.

»Wallemähne!«, sagte Vivien laut und knuffte ihr mit dem Ellenbogen in die Seite. Der Blickkontakt brach ab und der Zauber des Augenblicks verschwand.

Muriel atmete tief durch, sagte aber nichts. Noch etwas benommen, als sei sie gerade aus einem Traum erwacht, beobachtete sie ihre Mutter, die Ascalon über den Hof zum Stall führte, während sie darauf wartete, dass sich ihr Herzschlag beruhigte und die Kraft in ihre weichen Knie zurückkehrte.

»Mach den Mund zu, die Fliegen kommen rein!« Vivien kicherte, duckte sich und sauste blitzschnell davon. Aber Muriel war noch zu sehr mit sich selbst beschäftigt, um auf die Neckerei ihrer Schwester einzugehen.

»Kleine Schwestern sind wirklich eine Plage«, hörte sie Andrea mitfühlend hinter sich sagen. »Hilfst du mir mal mit der Rampe?«

»Na klar!« Muriel schüttelte die seltsame Benommenheit ab und half Andrea den Anhänger wieder zu verschließen. Sie hatte gerade den letzten Riegel eingerastet, als Nadine auf den Hof geradelt kam.

»Hi, Muriel!«, rief sie schon von Weitem. »Habt ihr Besuch?« Sie stieg vom Rad und schob es vorsichtig über den nassen Hofplatz. »Geschichte war ruck, zuck erledigt«, erklärte sie. »Deshalb kann ich heute schon früher kommen. Ich mache jetzt schnell Fanny fertig, dann können wir losreiten.« Sie kam noch etwas näher und deutete mit einem Kopfnicken auf den Jeep und den Pferdeanhänger. »Oder musst du deiner Mutter helfen?«

»Nee, das ist schon erledigt«, beeilte sich Muriel zu erklären, während sie aus den Augenwinkeln zusah, wie sich Renata Vollmer von Madame de Chevalier verabschiedete. »Wir haben gerade einen neuen Patienten bekommen, da musste ich nur kurz mit anfassen«, sagte sie und fügte hinzu: »Ich habe Nero schon fast fertig geputzt.«

Der Motor des Jeeps heulte auf.

»Macht mal Platz, Kinder!«, rief Renata Vollmer den Mädchen zu und bedeutete ihnen zur Seite zu gehen, damit der Jeep wenden konnte. Muriel und Nadine verdrückten sich an die Wand des Stalls und beobachteten, wie Madame de Chevalier vom Hof chauffiert wurde.

»Ein neuer Patient?« Nadine grinste und deutete auf den Jeep. »Der kommt bestimmt aus einem sehr noblen Stall. Was ist es denn für einer? Araber, Lipizzaner ...?«

»Ein American Saddlebred Horse.«

»Wow, cool.« Nadine staunte. »Kann ich ihn mal sehen?«

»Nee.« Muriel winkte ab. »Du weiß doch, dass ich keinen Besuch mit in den Patientenstall nehmen darf. Das Pferd hat eine weite Fahrt hinter sich und braucht jetzt Ruhe.«

»Bitte! Ich bin auch gaaanz leise«, bettelte Nadine. »Ich will ja nur mal kurz Mäuschen spielen.«

»Das geht wirklich nicht«, beharrte Muriel. »Meine Mutter wird den ganzen Nachmittag an der Box sein.« Sie schüttelte den Kopf, fasste Nadine an der Schulter und wechselte das Thema. »Komm, wir kümmern uns um Nero und Fanny, sonst ist es dunkel, ehe wir losreiten können.«

Eine halbe Stunde später standen Fanny und Nero fertig geputzt und gesattelt auf dem Hof. Die Sonne neigte sich schon nach Westen, aber es würde noch lange genug hell bleiben, um einen ausgedehnten Ritt durch die Wälder zu machen.

Nadine und Muriel kannten alle Waldwege in der Umgebung in- und auswendig. Nadine wohnte mit ihren Eltern in einem der alten Gesindehäuser des nahen Gutshofs, zu dem auch die meisten Ländereien und Wälder rings um den Birkenhof gehörten. Ihre Connemarastute Fanny war eines der wenigen fremden Pferde, die auf dem

Birkenhof untergestellt waren. Die beiden Mädchen besuchten dieselbe Klasse und waren dicke Freundinnen. Im Sommer ritten sie mit ihren Pferden fast jeden Tag gemeinsam aus und radelten vormittags immer zusammen zur Schule nach Willenberg.

»Was für ein herrlicher Frühlingstag«, schwärmte Muriel, als sie sich in den Sattel schwang. »Nach drei Regentagen haben wir uns den auch wirklich verdient.«

»Warts nur ab.« Nadine machte ein wichtiges Gesicht. »Der Online-Wetterdienst behauptet, es wird noch viel besser.«

»Wärmer?«, fragte Muriel.

»... und sonniger!«, fügte Nadine lachend hinzu, nahm die Zügel in die Hand und ließ Fanny wenden. »Wo wollen wir hin?«

»Zur alten Wassermühle an der Wille!«, sagte Muriel kurzentschlossen. »Wir können ja mal nachsehen, ob die Karpfen im Teich schon aus dem Winterschlaf erwacht sind.«

Der Tag neigte sich dem Ende entgegen, als Muriel und Nadine glücklich und mit geröteten Wangen wieder auf den Hof zurückkamen. Nachdem sie wegen des anhaltend schlechten Wetters lange nicht ausreiten konnten, hatten sie den Ritt doppelt genossen. Die erwachende Natur und der muntere Frühlingsgesang der Vögel tat ein Übriges, um ihre Stimmung zu heben.

Da machte es fast nichts, dass die Fesseln der Pferde bis über die Knie voller Matsch und die Bäuche mit getrockneten Schlammspritzern so gesprenkelt waren, dass vom Putzen nicht mehr viel zu sehen war.

Zehn Minuten später waren die Pferde abgesattelt und die beiden Mädchen vollauf mit der Fellpflege beschäftigt. Zum Glück hatte die Körperwärme der Tiere den Schlamm an den Beinen schon so gut getrocknet, dass sich der graue Staub problemlos ausbürsten ließ.

»Das neue Pferd beißt!«

Muriel fuhr erschrocken herum. Die Wurzelbürste rutschte ihr aus der Hand und landete platschend im Wassereimer. »Mensch, Vivien!«, schimpfte sie erbost. »Wie oft habe ich dir schon gesagt, dass du dich nicht von hinten anschleichen sollst?«

»Hundert Mal?« Vivien setzte ihr unschuldigstes Lächeln auf.

Muriel war sicher, dass sie die Unschuldsmiene heimlich vor dem Spiegel übte, um sie zu perfektionieren. Doch damit hatte sie bei ihr keine Chance. »Hau ab!«, giftete sie ihre kleine Schwester an.

»Aber es beißt wirklich!« Vivien schien enttäuscht, dass Muriel nicht auf die Neuigkeit reagierte. »Es wollte vorhin sogar Mama beißen.«

»Es ist krank!« Obwohl Muriel gern mehr erfahren hätte, bemühte sie sich, desinteressiert zu klingen. So weit kam es noch, dass sie sich von Vivien etwas erzählen ließ.

Lieber wartete sie eine Weile und fragte ihre Mutter später selbst nach den Ereignissen. »Kranke Pferde beißen hin und wieder mal.«

»Aber es beißt ganz doll!«, versuchte Vivien noch einmal, Muriels Neugier zu wecken. »Andrea sagt, es ...«

»Ich beiße dich auch gleich, wenn du nicht sofort aufhörst mich zuzutexten!« Muriel zeigte die Zähne, knurrte wie ein Hund und schnappte nach Vivien. Die stieß einen spitzen Schrei aus und sprang zurück.

»Du bist blöd«, blaffte sie ihre große Schwester an, zog einen Schmollmund und verschränkte die Arme vor der Brust. »Übrigens ist Teresa ganz schön sauer auf dich!«, sagte sie.

»Auf mich?« Muriel zog die Stirn kraus. »Warum denn?«

»Überleg mal.« Es war Vivien deutlich anzusehen, wie sehr sie die Situation genoss.

»Ach du dicke Backe!« Muriel schlug sich mit der flachen Hand gegen die Stirn. »Ich sollte ja Titus mit auf den Ausritt nehmen.«

»Genau!« Vivien grinste. »Sieht ganz so aus, als hättest du heute Abend noch einen langen Spaziergang vor dir.« Lachend drehte sie sich um und lief davon.

»Mann, bin ich froh, dass ich keine kleine Schwester habe.« Nadine blickte Vivien kopfschüttelnd hinterher. »Sag mal, was hat euer neuer Patient eigentlich?«

»Keine Ahnung.« Muriel zog die Schultern in die Höhe.

»Die meisten Pferde, die hierherkommen, haben irgendeine Macke. Nicht körperlich«, sie tippte sich an die Stirn, »im Kopf. Meine Mutter therapiert sie.«

»Die Macke hat deine Schwester auch.« Nadine schüttelte lachend den Kopf. »Vielleicht sollte deine Mutter mal versuchen sie zu therapieren.«

»Aussichtslos!« Muriel winkte ab. »Mit einer Therapie ist da auch nichts mehr zu machen.«

Wenig später standen Fanny und Nero wieder blitzsauber in der Box. Keinen Augenblick zu früh. Kaum dass Muriel ihren Putzkasten im Regal verstaut und das Halfter an den Haken gehängt hatte, kam Mirko, ihr drei Jahre jüngerer Bruder, in den Stall, um sie zum Abendbrot zu holen.

Die Mädchen verabschiedeten sich bis zum nächsten Morgen und Nadine schwang sich auf ihr Rad, um nach Hause zu radeln.

Auf dem Weg zur Küche erzählte Mirko Muriel von dem Punktspiel, das er mit seiner Mannschaft an diesem Nachmittag gehabt und verloren hatte. Mirkos große Leidenschaft war Fußball. Er war Mannschaftskapitän der Willenberger E-Jugend und träumte heimlich davon, einmal Stürmer in der Nationalmannschaft zu werden. Doch bis dahin war es noch ein weiter Weg. Es war deutlich zu spüren, wie enttäuscht er über die Niederlage am Nachmittag war.

»Ihr habt ja noch das Rückspiel«, versuchte Muriel ihn zu trösten, als sie die Tür zur Küche öffnete. »Da könnt ihr das 1 : 2 von heute bestimmt noch … o Titus! Mach doch mal Platz.« Energisch schob sie den großen Schweizer Sennhund zur Seite, der sie schwanzwedelnd begrüßte und die Küchentür mit seinem massigen Leib versperrte. »Musst du denn immer vor der Tür herumlungern?«

»Natürlich muss er das«, ertönte Teresas Stimme vom Küchentisch. »Der Arme möchte schließlich auch mal ein wenig an der frischen Luft Gassi gehen.«

»'tschuldigung!« Muriel bemühte sich um einen zerknirschten Tonfall. »Das habe ich total vergessen.«

»Ich weiß.« Teresa klang wirklich sehr verärgert.

»Aber ich mache es wieder gut«, schob Muriel schnell noch einen Satz nach. »Gleich nach dem Essen gehe ich mit ihm spazieren.«

»Das will ich auch hoffen.« Teresa schien zufrieden. Sie legte Muriel das erklärte Lieblingsabendessen der Kinder, Tortilla Español, eine Art Omelette mit Kartoffeln und Zwiebeln, auf den Teller. »Jetzt wird aber erst mal gegessen.«

»Kommt Mama noch?«, fragte Vivien mit einem Blick auf den freien Platz und den Teller an ihrer Seite.

»Natürlich. Eure Mutter hat schließlich auch mal Hunger.« Teresa nickte. »Sie ist schon den ganzen Nachmittag bei dem neuen Patienten, wollte zum Essen aber rüberkommen.«

»Au fein«, freute sich Muriel. »Dann kann ich sie ja gleich fragen, was mit dem Pferd los ist.«

»Das will ich auch wissen!«, krähte Vivien.

»War ja klar.« Kopfschüttelnd griff Mirko nach Messer und Gabel und begann zu essen. »Ihr seid doch alle total pferdeverrückt hier.«

»Alle?« Teresa stellte einen Korb mit frisch gebackenem Brot auf den Tisch und stemmte empört die Fäuste gegen die rundliche Hüfte. »Wieso alle?«

»Na, du natürlich nicht«, räumte Mirko kauend ein. »Mit dir kann man sich wenigstens vernünftig über Fußball unterhalten.«

»Über Fußball? Und das nennst du vernünftig?« Muriel prustete los, als hätte Mirko gerade einen tollen Witz gerissen. »Das ist doch nicht vernünftig, das ist ...«

»Mindestens genauso interessant, wie sich über Pferde zu unterhalten.« Renata Vollmer, die gerade in die Küche kam, gab ihrem Sohn Rückendeckung. Sie trug immer noch den weißen Kittel vom Nachmittag, der jetzt aber fleckig und kraus war. In ihren Haaren hingen Strohreste. »Guten Abend, ihr drei, guten Abend, Teresa«, grüßte sie freundlich und zupfte sich die Halme aus den Haaren. »Ist doch immer wieder schön, die Familie am Abend einträchtig versammelt am Tisch zu sehen.« Sie strich Vivien über das lange blonde Haar, setzte sich und schnupperte hörbar. »Hmm, lecker, Tortilla Español«, sagte sie. »Das kommt wie gerufen. Ich habe einen Bärenhunger.«

»Erzählst du uns von dem neuen Pferd?«, fragte Vivien.

»Oh, da gibt es noch nicht viel zu erzählen«, erwiderte ihre Mutter. »Ich komme irgendwie nicht an ihn heran.«

»Was hat er denn?«, hakte Muriel nach.

»Er beißt«, rief Vivien, ehe ihre Mutter etwas antworten konnte.

»Das weiß ich.« Muriel verdrehte genervt die Augen. Konnte sie denn nicht ein Mal eine Frage stellen, ohne dass Vivien gleich dazwischenplapperte? »Ich meine, es muss doch einen Grund dafür geben, dass Madame de Chevalier das Pferd aus Frankreich ...«

»Aus dem Elsass«, korrigierte ihre Mutter.

»Ist doch wurscht, das ist auch in Frankreich.« Muriel ärgerte sich, dass sie schon wieder unterbrochen wurde. »Also gut«, setzte sie noch einmal an, »dass sie das Pferd aus dem Elsass hierherbringt, um es von dir behandeln zu lassen.«

»Eure Mutter hat eben auch international einen guten Ruf als Pferdeflüsterin«, warf Teresa nicht ohne Stolz ein, während sie sich zwischen Mirko und Vivien an den Tisch setzte.

»Ist es sehr krank?«, bekam Muriel Unterstützung von Vivien.

»Das will ich ja gerade herausfinden.« Renata Vollmer legte Messer und Gabel aus der Hand und schaute ihre beiden Mädchen an. »Angeblich hat sich Ascalon in der letzten Zeit sehr zu seinem Nachteil verändert«, erzählte sie.

»Madame de Chevalier hat ihn im vergangenen Sommer für viel Geld auf einer Auktion ersteigert. Er ist erst sechs Jahre alt und besitzt einen hervorragenden Stammbaum. Ihr müsst wissen, dass Madame de Chevalier eine exzellente Dressurreiterin ist. Ihr Mann besitzt im nördlichen Elsass ein großes Gestüt, auf dem er Pferde züchtet und ausbildet. Ascalon hat schon einige Preise in der Dressur gewonnen. Die Fachleute bescheinigen ihm eine überdurchschnittliche Intelligenz und in der Fachpresse wird er schon jetzt als der Favorit der nächsten Olympischen Spiele gefeiert. Ich möchte nicht wissen, was Madame de Chevalier für ihn gezahlt hat.«

»Cool!« Viviens Augen leuchteten. Es war nicht zu übersehen, wie stolz es sie machte, ein so berühmtes Pferd auf dem Birkenhof zu haben.

»Und was ist dann geschehen?« Muriel war so neugierig, dass sie gar nichts essen konnte.

»Nun, so genau weiß das wohl niemand«, erwiderte ihre Mutter achselzuckend. »Für meine Therapie ist es immer ungeheuer wichtig, den Auslöser der psychischen Störung zu kennen, aber niemand konnte mir dazu etwas sagen. Es scheint so, als sei die Veränderung praktisch über Nacht eingetreten. In den ersten Monaten konnte Madame de Chevalier noch ganz hervorragend mit Ascalon arbeiten. Er lebte sich problemlos ein, war gelehrig und folgsam und hatte Spaß an der Dressur. Etwa zwei Monate nach der Auktion aber wurde das Training mit ihm dann plötzlich schwierig. Er weigerte sich Übungen durchzuführen und wurde immer bockiger.« Sie blickte Muriel kopfschüttelnd an. »Du kannst dir vorstellen, was das für eine Aufregung verursachte. Madame de Chevalier zog die besten Tierärzte zurate, aber körperlich ist Ascalon kerngesund. Es scheint, als habe er plötzlich keine Lust mehr auf Piaffen und Pirouetten. Und was noch schlimmer ist: Er ist unberechenbar – zumindest war er das bei Madame de Chevalier. Wenn ihn ein Angestellter von der Weide holen wollte, riss er aus oder schlug so kräftig mit den Hinterbeinen aus, dass man von Glück sagen kann, dass sich niemand verletzt hat. Bei einem so teuren Pferd ist das natürlich eine Katastrophe. Die Arbeit der Tierärzte verschlang große Summen. So viel, dass der Mann von Madame de Chevalier Ascalon am Ende nur noch loswerden wollte. Er soll sogar gedroht haben, ihn einschläfern zu lassen.«

»Echt?« Vivien schlug entsetzt die Hand vor den Mund, aber ihre Mutter sprach bereits weiter: »Madame de Chevalier hat mich deshalb in der vergangenen Woche angerufen, nachdem sie in der Fachpresse einen Bericht über mich und meine Arbeit mit gemütskranken Pferden gelesen hat. Sie sagte, ich sei ihre letzte Hoffnung.« Sie schmunzelte. »Ich bot ihr an, ins Elsass zu kommen, aber sie wollte das unberechenbare Pferd nicht länger auf dem Hof haben. So haben wir uns darauf geeinigt, dass Ascalon hierherkommt, damit ich ihn untersuchen kann.«

»Kannst du ihm helfen, Mama?«, fragte Vivien leise. Das Schicksal des Pferdes schien sie tief zu bewegen. »Ich will nicht, dass er eingeschläfert wird.«

»Keine Sorge, das wird er nicht.« Renata Vollmer legte ihrer Tochter die Hand auf den Arm und lächelte. »Ich werde alles tun, um ihm zu helfen.«

»Ist er denn hier auch so unberechenbar?«, wollte Muriel wissen, die Ascalon beim Ausladen nicht als störrisch in Erinnerung hatte. »Vivien hat erzählt, er hätte dich gebissen.«

»Er ist verstört und ängstlich«, erwiderte ihre Mutter. »Aber das ist nach der langen Reise und bei der ungewohnten Umgebung völlig normal. Er hat nach mir geschnappt, als ich ihn in die Box bringen wollte, aber nur einmal und erfolglos.« Sie schmunzelte und zwinkerte Vivien zu. »Zwei oder drei Tage muss ich ihm schon noch Zeit geben, sich an die neue Umgebung zu gewöhnen, dann sehen wir weiter. Ascalon ist noch sehr jung. Ich bin sicher, dass sich eine Lösung findet.«

Ein unheimlicher Traum

Gleich nach dem Abendessen schnappte sich Muriel die Leine, um mit Titus spazieren zu gehen. Große Lust hatte sie nicht, aber sie plagte ein schlechtes Gewissen, weil sie ihr Versprechen am Nachmittag nicht eingehalten hatte. Nun wollte sie es wiedergutmachen.

Sie liebte den treuherzigen Schweizer Sennhund über alles und irgendwie tat er ihr auch ein bisschen leid. Früher war er jeden Abend draußen unterwegs gewesen. Ihr Vater war ein begeisterter Jogger und hatte Titus immer mitgenommen, wenn er nach Feierabend eine seiner ausgedehnten Runden durch den Wald lief. Im vergangenen Jahr hatte er dann aber einen neuen Job angenommen, bei dem es ihn als Ingenieur oft monatelang auf Baustellen ins ferne Ausland verschlug. Das war für alle eine große Umstellung gewesen. Auch für Titus, denn damit fanden die regelmäßigen Spaziergänge ein jähes Ende.

Inzwischen war er so träge, dass Muriel ihn deshalb nicht mehr zu einem Ausritt mitnahm, weil sie es leid war, sich ständig mit ihm herumzuärgern. Meistens blieb er schon nach einem Kilometer mit heraushängender Zunge und müdem Blick stehen und weigerte sich stur, auch nur einen Schritt weiterzugehen.

An diesem Abend schien er sich allerdings auf den Spaziergang zu freuen. Schwanzwedelnd kam er in den Flur und drängte sich so dicht an die Haustür, dass Muriel Schwierigkeiten hatte, die Leine am Halsband zu befestigen.

Schließlich gab sie es auf und öffnete die Tür.

Darauf hatte Titus nur gewartet. Mit einem Satz war er draußen und verschwand im Gebüsch nahe der Küchentür.

»He, nicht so stürmisch.« Muriel lachte und stieß einen scharfen Pfiff aus, um ihn zurückzurufen. Aber der große Sennhund dachte gar nicht daran.

»So ein Mist!« Langsam schlenderte Muriel über den Hof. Dabei pfiff und rief sie immer wieder – vergeblich. Von Titus fehlte jede Spur. Wie von selbst wanderte ihr Blick zum Patientenstall. Die Tür stand offen. Drinnen brannte ein schwaches gelbliches Licht. Ein paar große Falter waren hineingeflogen, flatterten um die Deckenlampe herum und warfen übergroße tanzende Schatten an die weiß verputzten Wände.

Muriel blieb stehen und schaute zum Stall hinüber. Zu

gern wäre sie hineingegangen, um Ascalon zu sehen, aber ihre Mutter hatte es ausdrücklich verboten.

Nur ein Blick.

Der Gedanke war verlockend.

Ein ganz kurzer Blick konnte doch nicht schaden. Sie musste ja nicht hineingehen. Wie von selbst setzten sich ihre Füße in Bewegung. Ihre Mutter hatte sich gerade einen Tee eingeschenkt, als sie mit Titus hinausgegangen war. Das bedeutete, dass sie noch eine Weile in der Küche bleiben würde. Genug Zeit also für einen kurzen Blick.

Muriel spürte, wie ihr Herz vor Aufregung pochte. Es war nicht ihre Art, etwas Verbotenes zu tun. Aber die Neugier war stärker. Und außerdem wollte sie ja auch nur mal kurz durch die Tür schauen.

Zehn Schritte trennten sie noch von der Stalltür, als sie drinnen eine Bewegung bemerkte. Abrupt blieb sie stehen und spähte in den Stall hinein.

Die Bewegung wiederholte sich nicht.

Sicher ist es nur einer der Falter gewesen, der das Licht verdeckt hat, versuchte sie sich in Gedanken selbst zu beruhigen. Es verstrichen jedoch noch ein paar Augenblicke, ehe sie es wagte, den Weg fortzusetzen.

Kaum fünf Schritte vor der Tür sah sie erneut, wie sich in der Gasse vor den Patientenboxen etwas bewegte. Etwas Großes. Etwas, das unmöglich der Schatten eines Falters sein konnte.

Muriel blieb stehen.

»Titus?« Die Angst schnürte ihr die Kehle zu, als sie nach dem Hund rief. Sie konnte sich nicht erinnern, dass er in den Stall gelaufen war, aber wer sollte es sonst sein?

Drinnen war ein scharrendes Geräusch zu hören.

»Titus?« Muriels Stimme klang dünn und zerbrechlich, während sie noch einen weiteren Schritt auf die Tür zumachte. Dabei ließ sie das erleuchtete Rechteck unter dem Türbogen nicht aus den Augen. »Komm sofort da raus. Du ... du darfst da nicht rein! – Hörst du?« Muriel nahm all ihren Mut zusammen und trat vor die Tür. Für den Bruchteil eines Augenblicks glaubte sie eine hochgewachsene dunkle Gestalt im hinteren Teil des Stalls zu sehen, die lautlos mit dem Schatten verschmolz.

Ein Einbrecher? Muriel überlief es eiskalt. Ascalon war sehr wertvoll, konnte es da nicht sein, dass ...?

Sie hatte den Gedanken noch nicht zu Ende geführt, als sie hörte, wie die rückwärtige Tür des Stalls ins Schloss fiel. Gleich darauf erklang ein Hecheln und das typische Geräusch scharrender Krallen auf Beton. Sekunden später kam Titus durch die Stallgasse getapst, als sei nichts geschehen.

Muriel atmete auf. Wenn Titus hier war und nicht anschlug, konnte kein Einbrecher im Stall gewesen sein. Fremde wurden von ihm immer lautstark in Empfang genommen. Besonders nachts.

»Komm her!«, rief sie den Hund zu sich. »Was machst du denn für Sachen? Du weißt doch, dass du nicht in den

Stall darfst.« Diesmal wehrte Titus sich nicht, als sie ihn an die Leine nahm und vom Stall fortführte. Schwerfällig trottete er neben ihr her auf den Wald zu.

Muriel war froh, eine Erklärung für die seltsamen Schemen im Stall gefunden zu haben. Da Titus offensichtlich der Übeltäter war, musste sie sich weder Gedanken um Einbrecher noch um geisterhafte Erscheinungen machen.

Dennoch blieben Fragen offen. Der letzte Schatten, den sie gesehen hatte, war eindeutig der eines Menschen gewesen – zumindest glaubte sie das. Aber darüber wollte sie jetzt lieber nicht nachdenken.

Eine knappe Viertelstunde später fand der Spaziergang das übliche Ende. Nachdem Titus sein Geschäft im Wald verrichtet hatte, setzte er sich einfach hin und tat, was er immer tat – nichts. Er wusste genau, auf welchem Weg es nach Hause ging, und weigerte sich hartnäckig auch nur eine Pfote in die Richtung zu setzen, die Muriel einschlagen wollte. Wie sie auch zerrte und zog, schimpfte und fluchte, die vierzig Kilo Lebendgewicht bewegten sich nicht von der Stelle.

»Also gut, du Dickkopf!« Muriel gab ihm einen liebevollen Klaps. »Dann gehen wir eben zurück!« Kaum hatte sie das gesagt, sprang Titus auf und setzte sich munter in Bewegung.

In rekordverdächtiger Zeit erreichten sie den Birkenhof. Titus rannte auf das Haus zu, als könne er es gar nicht erwarten, sich endlich wieder auf seinen geliebten Flickenteppich im Wohnzimmer vor dem Kamin zu legen.

Muriel hatte alle Mühe, mit ihm Schritt zu halten. Keuchend erreichte sie die Haustür und wollte gerade nach der Klinke greifen, als die Tür von innen aufgerissen wurde.

»Muriel! Klasse, du bist schon zurück!« Mirko steckte den Kopf ins Freie, grinste und hielt ihr das Mobiltelefon ihrer Mutter entgegen. »Kannst du Mam mal das Handy bringen?«, fragte er. »Sie ist gerade wieder in den Stall gegangen. Da ist jemand, der eine dringende Frage wegen eines früheren Patienten hat.«

»Warum gehst du nicht selbst?« Muriel löste die Leine vom Halsband und Titus schlüpfte an Mirko vorbei ins Haus.

»Weil in einer Minute die Sportnachrichten anfangen.« Mirko schenkte ihr ein flehendes Lächeln. »Es ist wichtig. Bitte!«, bettelte er mit einem Seitenblick auf seine Armbanduhr. »Du wolltest doch bestimmt mal zu dem neuen Pferd gehen.«

»Gib schon her, Nervensäge!« Muriel schnitt eine Grimasse, nahm ihrem Bruder das Telefon aus der Hand und lief über den Hof zum Patientenstall. So ganz unrecht hatte Mirko nicht. Sie war tatsächlich neugierig und freute sich über die unverhoffte Gelegenheit, in den Stall gehen zu dürfen.

Leise öffnete sie die Stalltür und trat ein. Ihre Mutter

saß auf einem Klappstuhl gegenüber der Pferdebox und beobachtete Ascalon, der gerade mit dem Inhalt seines Futtertrogs beschäftigt war.

»Mam?«, fragte Muriel im Flüsterton, hielt das Telefon in die Höhe und deutete mit der freien Hand auf das Display. »Ein wichtiger Anruf für dich.«

»Danke!« Ihre Mutter stand auf, nahm das Handy entgegen und ging zur Tür.

»Vollmer«, hörte Muriel sie sagen. »Ah, Herr Carstensen, guten Abend. Entschuldigen Sie, dass es so lange gedauert hat, aber ich arbeite noch ... Oh, wirklich? Das hört sich nicht gut an. Warten Sie, ich gehe nur schnell in mein Büro und sehe in meinen Unterlagen nach. Dann kann ich Ihnen ...« Die Stimme ihrer Mutter entfernte sich über den Hof. Gleich darauf fiel die Haustür ins Schloss.

Muriel war allein. Unschlüssig blickte sie sich um. Ascalon hatte aufgehört zu fressen und schaute sie an. Etwas Trauriges lag in seinem Blick, etwas Einsames und etwas, für das sie keine Worte fand. Wäre er Nero gewesen, hätte sie ihn gestreichelt und sanft mit ihm gesprochen, aber er war nicht Nero, er war ein neuer Patient und ihre Mutter hatte ihr noch nicht gestattet sich ihm zu nähern.

Allerdings – Muriel schmunzelte – hatte ihre Mutter es ihr auch nicht ausdrücklich verboten. Kurzentschlossen griff sie in ihre Jackentasche und holte drei Pferdeleckerli heraus. In den Taschen der Jacken und Westen, die sie hier auf dem Hof trug, bunkerte sie gerne einen kleinen Vorrat der gepressten Getreideplätzchen. Sehr zum Leidwesen von Teresa, die immer wieder Reste davon in der Waschmaschine entdeckte.

»Na, du Armer.« Muriel legte die Plätzchen auf die ausgestreckte Hand und trat vor die Box. »Magst du so etwas?«

Ascalon schnupperte neugierig und nahm die Leckerli ganz vorsichtig mit den Lippen entgegen.

»Du bist ja ein ganz Höflicher.« Muriel lächelte, als sie daran dachte, wie ungestüm Nero immer nach den Leckerli schnappte. Dann griff sie noch einmal in die Tasche und reichte Ascalon drei weitere Leckerli. »Hoffentlich wirst du wieder gesund«, sagte sie und hob die Hand, um das weiche Fell des American Saddlebred zu streicheln …

… und wie von selbst formte sich ein Bild in ihren Gedanken.

Da war eine junge Frau im Nebel. Sie trug ein langes fließendes Gewand. In den dunklen Kleidern sah sie fast wie eine Nonne aus. Eine weite Kapuze bedeckte ihr Haar. Schatten verhüllten ihr Gesicht.

Sie stand auf einem grünen Hügel und blickte gedankenverloren in die Ferne. Dichte Nebelschwaden umwallten die Anhöhe, auf der sie Ausschau hielt. Sanft strichen sie um ihre schlanke Gestalt, während vor ihr die schemenhafte Silhouette eines Bootes aus dem Nebel auftauchte, das langsam auf sie zuglitt …

»Muriel!« Muriel zuckte erschrocken zusammen. Das Bild der Frau verschwand, als sie die Hand von Ascalon zurückzog.

»Muriel! Wie oft habe ich dir schon gesagt, dass du die Patienten in den ersten Tagen nicht streicheln sollst.« Wie aus dem Nichts stand ihre Mutter neben ihr und blickte sie streng an.

»'tschuldigung!« Muriel war zutiefst verwirrt. Wie war ihre Mutter so schnell zurückgekommen? Warum hatte sie sie nicht bemerkt? Was war das für ein seltsamer Traum gewesen?

»Ist das alles, was du dazu zu sagen hast?« Ihre Mutter war gar nicht gut drauf, bemühte sich aber wegen des Pferdes um einen leisen und gemäßigten Tonfall.

»Ja.« Muriel versuchte ihre Gedanken zu ordnen, aber das war gar nicht so einfach. »Da war … Ich wollte nur …«, startete sie einen hilflosen Erklärungsversuch. Aber ihre Mutter ließ sie nicht ausreden.

»Es ist besser, du gehst zurück ins Haus«, sagte sie in einem Ton, der keine Widerrede duldete. »Und das nächste Mal hältst du dich bitte an unsere Abmachung – ja?«

»Ist klar.« Muriel nickte. »Kommt nicht wieder vor. Versprochen.«

»Gut.« Ihrer Mutter gelang ein versöhnliches Lächeln und sie fügte etwas freundlicher hinzu: »Lässt du mich jetzt bitte allein? Ich muss arbeiten.«

»Oh, ja … ja, klar.« Zerstreut machte sich Muriel auf den Weg zur Tür. Das Bild der Frau im Nebel stand ihr immer noch deutlich vor Augen und ihr Herz pochte heftig vor Aufregung. So etwas war ihr noch nie passiert. Es war geradezu unheimlich. Schon als Ascalon sie das erste Mal angesehen hatte, hatte sie gespürt, dass er kein normales Pferd war. Und jetzt diese Vision. Muriel fühlte sich wie jemand, der zwei Puzzleteile in der Hand hält und nicht weiß, wie sie zusammenpassen. Wie sie es auch drehte und wendete, immer taten sich nur neue Fragen auf. Antworten fand sie keine.

Gedankenversunken ging sie über den Hof. Ihre Füße fanden den Weg zur Haustür wie von selbst. Kaum stand sie im Flur, bestürmte Vivien sie auch schon mit Fragen zu dem neuen Pferd, aber Muriel wollte nicht mit ihr darüber reden. Mit großen Schritten stürmte sie die Treppe hinauf, verschloss die Zimmertür hinter sich und warf sich aufs Bett.

Ascalon hatte ein Geheimnis, dessen war sie sich ganz sicher. Ein Geheimnis, das offenbar nur sie spürte.

Aber was für eines?

Es war weit nach zehn Uhr, als Muriel endlich schlafen ging. Das Rätsel um Ascalon hatte sie natürlich nicht lösen können, aber als sie die Schulsachen für den kommenden Tag zusammenpacken wollte, hatte das aufgeschlagene Geschichtsheft sie schlagartig in die Realität zurückgeholt und sie siedend heiß an das unerledigte Referat erinnert.

Die Hexenverfolgung im Mittelalter hatte sie viel länger als geplant aufgehalten. Eine ganze Stunde lang hatte sie gelangweilt in ihrem Geschichtsbuch geblättert und im Internet nach Berichten gesucht, während sie die Sätze und Jahreszahlen so zähflüssig zu Papier gebracht hatte, als besäßen die Buchstaben ein Eigenleben und sträubten sich mit aller Macht dagegen, geschrieben zu werden.

Muriel ärgerte sich. Nicht nur, weil sie vergessen hatte, Nadine am Nachmittag nach dem Referat zu fragen, sondern auch, weil es inzwischen viel zu spät war, um ihre Freundin anzurufen. Jetzt war sie müde und hatte sich zudem kaum konzentrieren können, weil sie immer wieder an Ascalon und die seltsame Vision denken musste.

22.24 Uhr. Muriel konnte sich ein Gähnen nicht verkneifen, als sie die Hand ausstreckte, um das Licht zu löschen. Vor dem frühen Aufstehen am nächsten Morgen grauste ihr jetzt schon. »Sicher ist sicher«, murmelte sie und stellte die Lautstärke ihres Radioweckers etwas höher ein. Vergessene Hausaufgaben waren ärgerlich, aber zu spät zu kommen war einfach nur peinlich.

Sie gähnte noch einmal, zog sich die Decke bis zum Kinn und löschte das Licht. Das seltsame Erlebnis mit Ascalon kam ihr noch einmal in den Sinn, aber sie war viel zu müde, um sich weiter den Kopf darüber zu zerbrechen.

Noch während sie überlegte, ob die Bilder, die sie gesehen hatte, wohl einen tieferen Sinn haben könnten, übermannte sie der Schlaf und trug sie sanft ins Reich der Träume …

… Ascalon stand auf einem grünen Hügel. Das nussbraune Fell schimmerte im Sonnenlicht. Der Wind spielte sanft mit seiner blonden Mähne und fuhr streichelnd durch die langen Schweifhaare. Er hielt den Kopf stolz erhoben und schaute zu ihr herüber.

Muriel spürte, dass er sie erwartete. Voller Freude hastete sie den Hügel hinauf. Aber noch während sie die Anhöhe erklomm, änderte sich plötzlich das Wetter.

Es wurde kalt. Dicke Nebelschwaden flossen in die Niederungen zwischen den Hügeln, vereinten sich und stiegen immer höher. Muriel konnte Ascalon nur noch undeutlich erkennen. Sie rannte schneller, aber der Nebel folgte ihr wie ein lebendes Wesen und umfing sie mit seinen kalten feuchten Fingern.

Die Welt versank in tristem Grau.

Muriel keuchte vor Anstrengung. Der Hügel, der eben noch eine flache Anhöhe gewesen war, nahm kein Ende. Sie hätte die Kuppe, hätte Ascalon längst erreichen müssen, doch es schien, als würde der Hügel mit jedem Schritt, den sie machte, weiter wachsen und immer steiler werden.

Verbissen kämpfte sie sich voran, getrieben von einem Gefühl der Dringlichkeit, das sie fast körperlich spürte.

Aus den Augenwinkeln sah sie einen menschlichen Schatten, der sich im Nebel bewegte. Er blieb stehen und Muriel spürte, dass er sie ansah.

Die Angst verlieh ihr ungeahnte Kräfte. So schnell wie nie hetzte sie den Hügel hinauf. Aber der Schatten bewegte sich ebenso schnell. Was sie auch tat, sie konnte ihn nicht abschütteln.

Von irgendwoher hörte sie ein leises Murmeln. Fremd und unheimlich. »Komm! Komm zu mir!«, schien es zu raunen.

Furcht umklammerte Muriels Herz und ein eisiger Schauer lief ihr den Rücken hinunter. Sie wollte schreien und um Hilfe rufen. Doch der Nebel erstickte die Laute, noch ehe sie ihren Lippen entflohen.

»Komm!« Körperlos schwebte die Stimme durch den Nebel zu ihr. Sie war jetzt ganz nah.

Muriel zuckte erschrocken zusammen. Sie wusste, dass die Worte ihr galten. Furchtsam blickte sie sich um, konnte aber niemanden entdecken. Der Schatten war fort.

Noch während sie sich umsah, begann der Boden unter ihren Füßen zu schwanken und sie fand sich auf den hölzernen Planken eines Bootes wieder. Lautlos glitt es durch den Nebel. Der hohe Bug ragte mannshoch vor ihr auf. Es gab keinen Fährmann und keine Ruderer.

Sie war allein.

»Komm zu mir!«

Allein mit der unheimlichen Stimme.

Fröstelnd schlang Muriel die Arme um den Oberkörper.

Dann ganz plötzlich lichtete sich der Nebel und das Boot glitt auf eine grüne Anhöhe zu. Dort stand eine Gestalt. In den langen dunklen Gewändern sah sie fast wie eine Nonne aus. Muriel er-

kannte sie sofort. Es war die Frau, die sie schon einmal gesehen hatte! Die Frau aus der Vision!

Als sie Muriel entdeckte, schritt sie den Hügel hinab zum Ufer. Unter der weiten Kapuze war ihr Gesicht nicht zu erkennen.

»Komm her!« Sie trat ins Wasser und hob die Hände an die Kapuze, um ihr Gesicht zu enthüllen …

»… können wir uns heute wieder auf einen sonnigen Frühlingstag freuen. Die Temperaturen liegen bei … «

Wie elektrisiert schoss Muriel in die Höhe und knallte noch in der gleichen Bewegung die Hand auf die Aus-Taste ihres Radioweckers. Warum war das verdammte Ding so laut? Da bekam man ja einen Herzinfarkt!

Keuchend saß sie im Bett und wartete darauf, dass sich ihr hämmernder Herzschlag beruhigte. Sie hasste es, so geweckt zu werden, aber auch der Albtraum hallte noch in ihr nach.

Muriel runzelte die Stirn. Normalerweise erinnerte sie sich nie an ihre Träume. Diesmal jedoch war ihr alles noch so gut in Erinnerung, als hätte sie gerade einen Film gesehen.

Da hab ich wohl ganz schön was durcheinandergeworfen, überlegte sie und schmunzelte. Die Frau im Nebel, der Schatten, das Boot, Ascalon … Die Ereignisse des vergangenen Tages hatten sie ganz offensichtlich bis in den Schlaf verfolgt und sich dort zu einem wirren Traum zusammengefügt.

Ascalon!

Der Gedanke machte Muriel schlagartig munter. Am liebsten wäre sie sofort wieder in den Patientenstall gelaufen, um das geheimnisvolle Pferd zu besuchen. Mehr denn je war sie davon überzeugt, dass er etwas Besonderes war. Nicht nur besonders schön, wie Vivien meinte, nein, da war auch noch etwas anderes. Etwas, das sie noch immer nicht in Worte fassen konnte, das sie aber unbedingt herausfinden wollte.

Dabei gab es nur zwei Probleme: Sie musste zur Schule und außerdem hatte ihre Mutter es ihr streng verboten, Ascalon noch einmal zu besuchen. Muriel seufzte, schlug die Bettdecke zurück und schwang die Beine aus dem Bett. »Was soll's«, murmelte sie leise vor sich hin, griff nach ihrer Jeans und einem Sweatshirt und machte sich auf den Weg ins Badezimmer. Die Nachforschungen musste sie erst einmal auf Eis legen. Unten wartete Teresa sicher schon mit dem Frühstück auf sie. Wenn sie pünktlich zur Schule kommen wollte, musste sie sich beeilen.

Eine wundersame Begegnung

Die folgenden drei Tage kamen Muriel wie eine kleine Ewigkeit vor. Von einer rastlosen Unruhe erfüllt drückte sie sich immer wieder in der Nähe des Patientenstalls herum oder lief, wie ein Tiger im Käfig, auf dem Hof auf und ab. Selbst Nadine, die für so etwas normalerweise nur wenig Gespür hatte, bemerkte, dass sie bei ihren gemeinsamen Unternehmungen nicht mit den Gedanken bei der Sache war.

»Man könnte meinen, du bist schwer verliebt«, sagte sie einmal im Scherz zu Muriel, die das Ganze lachend als Unsinn abtat.

Dennoch, ganz unrecht hatte Nadine nicht.

Zwar beschäftigte Muriel sich in Gedanken nicht mit einem Jungen, da sie aber ständig an Ascalon und den seltsamen Traum denken musste, lief es am Ende wohl auf das Gleiche hinaus. Sie war abgelenkt und unkonzentriert und schien so manche Frage erst dann zu verstehen, wenn Nadine sie in einer Lautstärke wiederholte, als spräche sie mit einer Schwerhörigen.

Dafür war Muriel sofort ganz Ohr, wenn es um Ascalon ging. Jeden Abend bestürmte sie ihre Mutter beim Essen mit denselben Fragen, nur um immer wieder dieselben Antworten zu erhalten: Ascalon gab sich nach wie vor bockig und war für eine Therapie nur schwer zugänglich. Er sprach auf nichts an, verweigerte nun auch noch die Nahrung und schien eine dicke Abwehrmauer um sich herum errichtet zu haben. Mit jedem Tag, der verstrich, wurde er schwieriger und ihre Mutter ratloser. Einmal klagte sie sogar, dass das Pferd jeden Therapeuten zum Wahnsinn treiben müsse. Mit Fachwissen aus Lehrbüchern und psychologischem Sachverstand sei ihm nicht beizukommen.

Sie nannte Ascalon einen besonders schwierigen Patienten und ließ durchblicken, dass sie fürchtete, den Fall aufgeben zu müssen. Dabei vergaß sie nie zu erwähnen, dass sich die Kinder, dabei wanderte ihr Blick jedes Mal zu Muriel, unbedingt vom Patientenstall fernhalten sollten. Ascalon hatte seine Box mit den Hufen schon so demoliert, dass sie um die Standfestigkeit der hölzernen Boxentür fürchtete.

»Vielleicht möchte er einfach nur raus«, sagte Vivien mit einem Anflug von Mitleid in der Stimme, als sich das Gespräch am Donnerstagabend wieder Ascalon zuwandte. »Er ist doch schon so lange eingesperrt. Bestimmt sieht er, wie schön die Sonne draußen scheint, und möchte auch mit Nero, Matador und den anderen auf die Weide. Und außerdem«, ihre Stimme nahm wieder diesen übertrieben wichtigen Tonfall an, den sie immer dann anschlug, wenn sie etwas besonders Schlaues zum Besten geben wollte, »hat Andrea mir erzählt, dass Pferde Herdentiere sind. Sie werden krank, wenn sie keine Gesellschaft haben.«

»Das ist alles richtig, Liebes.« Renata Vollmer lächelte. »Glaub mir, auch ich würde ihn gern mit auf die Weide lassen. Aber so, wie er sich aufführt, fürchte ich, dass wir ihn nicht einmal bis zum Gatter bekommen.«

»Aber er ist doch auch ganz brav mit dir in den Stall gegangen«, sagte Vivien.

»Das war etwas anderes«, erklärte ihre Mutter. »Da hatte er die lange Fahrt im Anhänger hinter sich und war erschöpft. Außerdem hat Madame de Chevalier mir vorgestern am Telefon erzählt, dass er am Morgen eine Beruhigungsspritze bekommen hat, weil sie die Fahrt mit ihm sonst nicht gewagt hätte.« Sie blickte Vivien an und lächelte. »Andrea hat natürlich vollkommen recht, wenn sie sagt, dass Pferde Gesellschaft brauchen«, sagte sie. »Aber ich trau mich nicht, Ascalon aus der Box zu lassen, weil ich fürchte, dass er uns davonrennt, sobald er eine Gelegenheit zur Flucht sieht. Ascalon ist nämlich nicht dumm. Manchmal habe ich das Gefühl, er versteht jedes Wort, wenn ich mit ihm spreche.«

»Benimmt er sich denn so schlimm?«, fragte Muriel betroffen. Sie erinnerte sich noch gut an den Augenblick, als sie Ascalon die Leckerli gegeben hatte. Da war er so zahm und brav gewesen. Ganz anders, als ihre Mutter ihn nun schilderte.

»Schlimmer!« Ihre Mutter seufzte. »Ich werde mich heute Abend noch einmal mit einem Kollegen beraten, der schon ähnlich schwere Fälle zu betreuen hatte, aber viel Hoffnung mache ich mir nicht.« Sie schüttelte betrübt den Kopf und hob den Zeigefinger. »Hört ihr das?«, fragte sie.

Alle lauschten.

Draußen war ein rhythmisches Dröhnen und Donnern zu hören.

»Was ist das?«, fragte Vivien.

»Das ist Ascalon, du Dumpfbacke.« Mirko grinste. »Echt krass. Wenn der so weitermacht, zertrümmert er noch den ganzen Patientenstall.«

»Eben!« Renata Vollmer blickte besorgt drein. »Und nicht nur das, er macht auch die anderen Pferde nervös.« Sie verstummte, sah aus dem Fenster über den dämmrigen Hof zum Patientenstall hinüber und stand auf. »Also, so geht das nicht weiter!«, sagte sie und es klang, als hätte sie gerade einen Entschluss gefasst. »Wenn er sich bis Sonntag nicht beruhigt hat, muss Madame de Chevalier ihn wieder abholen.«

»Nein!« Muriel sprang so hastig auf, dass das Tischtuch verrutschte.

»Vorsicht, Señorita!« Teresas beherztes Zugreifen konnte gerade noch verhindern, dass Muriels Teller vom Tisch fiel. Aber Muriel bemerkte es nicht einmal. »Nein, Mam, das darfst du nicht. Ich ... ich bin mir ganz sicher, dass er nicht so wild ist, wie er sich hier aufführt«, stieß sie aufgebracht hervor. »Ich habe ihn doch schon mal gestreichelt. Du weißt doch, neulich, als du telefoniert hast. Da ...«

»... hatte er morgens eine Beruhigungsspritze bekommen.« Renata Vollmer nickte. »Der Zustand ist mit dem da«, sie deutete zum Patientenstall hinüber, »nicht zu vergleichen.«

»Aber er mag mich!«, rief Muriel aus.

»So?« Ihre Mutter zog erstaunt eine Augenbraue in die Höhe. »Und woher nimmst du diese Überzeugung?«

Muriel antwortete nicht sofort. Sie hatte nichts, das sie als Begründung anführen konnte. Es war nur so ein Gefühl. Verbissen kaute sie auf der Unterlippe und suchte nach Argumenten.

Alle starrten sie an.

Sie wusste, dass sie jetzt etwas sagen musste, etwas, das ihre Mutter überzeugte, aber da war nichts – nichts, außer der Gewissheit, dass sie recht hatte.

»Ich weiß es einfach!«

Noch während sie das sagte, spürte sie, wie albern das klang.

»Du redest wie Vivien!« Mirko gluckste vor Vergnügen.

»Jetzt musst du nur noch mit dem Fuß auf den Boden stampfen, dann ... «

»Mirko, bitte!« Renata Vollmer sah ihren Sohn streng an. »Wir haben schon genug Ärger, da musst du nicht noch Streit anfangen.« Dann wandte sie sich wieder Muriel zu. »Du weißt es also?«, hakte sie nach. »Und woher?«

»Als ich ihn gestreichelt habe, habe ich gespürt, dass er mich mag.« Muriel bemühte sich um einen ernsten und sachlichen Tonfall. Nichts war peinlicher, als sich wie Vivien anzuhören.

Ihre Mutter sah sie lange schweigend an. Dann warf sie einen kurzen Blick auf ihre Armbanduhr.

»Darüber reden wir später noch einmal«, sagte sie knapp, wischte sich die Hände an der Serviette ab, stand auf und ging zur Tür. »Ich muss vorher noch ein dringendes Telefonat führen. Nachher komme ich dann zu dir ins Zimmer, Muriel.« Sie schaute Mirko und Vivien streng an. »Allein!«

Muriel musste nicht lange warten.

Sie hatte es sich gerade mit einem dicken Schmöker auf dem Bett gemütlich gemacht und die erste Seite gelesen, als auf einmal die Tür aufging und ihre Mutter ins Zimmer schaute.

»Darf ich reinkommen?«

»Klar!« Muriel legte das Buch beiseite, setzte sich auf die Bettkante und schaute ihre Mutter an.

»Und?«, fragte sie.

»Was, ›und‹?« Renata Vollmer schien die Frage nicht zu verstehen.

»Na, konnte er dir helfen, dein Kollege?«

»Ach so.« Ihre Mutter lächelte, schüttelte dann aber den Kopf. »Nein«, sagte sie. »Nein, das konnte er nicht.«

»Schade.«

»Ja, schade!« Renata Vollmer nahm neben Muriel Platz und ließ den Blick über die vielen Schleifen gleiten, die diese bei verschiedenen Reitturnieren gewonnen und fein säuberlich an der Wand über dem Schreibtisch aufgehängt hatte. »Er war meine letzte Hoffnung.«

»Ich möchte trotzdem noch einmal zu Ascalon«, sagte Muriel ernst. Sie hatte sich genau überlegt, was sie sagen wollte. Was sie unten am Tisch erzählt hatte, war die Wahrheit: Ascalon war ihr Freund. Aber sie wusste auch, dass sie es nicht nur behaupten, sondern auch beweisen musste.

»Kind, das ist ...«

»Gar nicht gefährlich!«, fiel Muriel ihrer Mutter ins Wort. Sie hatte schon damit gerechnet, dass diese Bedenken anmelden würde, und sagte schnell: »Noch ist die Tür der Box nicht kaputt. Was soll schon passieren, wenn ich in der Boxengasse bleibe?« Sie blickte ihre Mutter eindringlich an. »Bitte, Mam! Du musst mir glauben. Du hast doch selbst gesehen, dass ich ihn streicheln konnte. Beruhigungsspritze hin oder her, es war spät am Abend. Wenn er die am Morgen bekommen hat, hat die doch schon längst nicht mehr gewirkt.«

»Das mag schon sein, aber Ascalon war auch sehr verwirrt und erschöpft«, gab ihre Mutter zu bedenken. »Du hörst ja selbst, wie er sich jetzt aufführt.«

»Mama!« Das Wort verwendet Muriel nur bei überaus wichtigen Anlässen. »Ich weiß, dass er mir nichts tun wird. Ich weiß es!«

»Ach, Muriel!« Renata Vollmer nahm den weißen Plüschhasen, der am Kopfende des Bettes saß, zur Hand, drehte ihn unschlüssig in den Händen und schwieg.

Muriel wartete voller Ungeduld. Dass ihre Mutter nicht sofort Nein gesagt hatte, machte ihr Hoffnung, aber noch war das Gespräch nicht zu Ende. Lange Zeit sagte keiner ein Wort. Dann wurde es Muriel zu dumm.

»Du kannst es mir glauben«, bekräftigte sie noch einmal ihre Worte. »Wirklich!«

»Also gut!« Ihre Mutter setzte den Stoffhasen so auf das Bett, dass ihm die Schlappohren vor die Augen hingen, und stand auf. »Komm mit. Wir gehen rüber.«

»Wirklich? Danke, Mam!« Muriel sprang auf und schloss ihre Mutter in die Arme.

»Schon gut, aber freu dich nicht zu früh.« Gerührt erwiderte Renata Vollmer die Umarmung ihrer Ältesten, wurde dann aber wieder ernst. »Es ist nur ein Versuch. Wenn es zu brenzlig wird, gehen wir wieder.«

»Keine Sorge!« Muriel war nicht ganz so zuversichtlich,

wie ihre Worte glauben machen sollten, konnte es aber dennoch kaum erwarten, in den Stall zu kommen. »Hier!« Sie holte ein Pferdeleckerli aus der Westentasche hervor, zeigte es ihrer Mutter und fügte augenzwinkernd hinzu: »Du wirst sehen, Ascalon frisst mir aus der Hand!«

Keine fünf Minuten später standen sie vor der Tür des Patientenstalls. Es war dunkel, windig und kalt. Muriel fror. Der Wind fuhr durch ihr langes brünettes Haar und durchdrang mühelos die Maschen ihres Strickpullovers. In der Eile hatte sie ganz vergessen eine Jacke über den Pulli und die dünne Steppweste zu ziehen, aber sie dachte gar nicht daran, deshalb noch mal ins Haus zu laufen.

Im Patientenstall war es ruhig.

»Vielleicht hat er begriffen, dass es nichts nützt, gegen die Boxenwände zu treten«, raunte Muriel ihrer Mutter zu, die sich gerade anschickte, die Tür zu öffnen.

»Schön wär's.« Ihre Mutter lächelte. »Aber ich fürchte ...« Der eiserne Riegel des Tors fuhr mit einem lauten Klacken in die Höhe. Und als sei dies das Zeichen, auf das Ascalon nur gewartet hatte, begann der Wallach wieder zu randalieren. Die eisenbeschlagenen Hufe krachten gegen die Boxentür. Knirschendes und berstendes Holz ließ darauf schließen, dass er diese zudem auch mit den Zähnen bearbeitete.

»Willst du immer noch hinein?« Renata Vollmer sah ihre Tochter prüfend an. »Du musst nicht.«

»Ja!« Muriel straffte sich. Ascalon veranstaltete einen Lärm, als sei ein wütendes Ungeheuer im Stall gefangen.

»Also gut!« Vorsichtig öffnete ihre Mutter die Tür. »Aber ich gehe vor.«

Drinnen war es windstill und auch ein wenig wärmer als draußen. Es roch nach verschwitztem Fell, frischem Stroh und Pferdeäpfeln, aber Muriel hatte nur Augen für Ascalon.

Vorsichtig folgte sie ihrer Mutter entlang der Wand auf die Box zu, in der der Wallach untergebracht war. Er wandte ihnen das Hinterteil zu und trat mit den Hinterbeinen so kraftvoll gegen die Boxentür, dass feiner Staub von den Holzbalken unter der Decke rieselte. Doch obwohl er einen Höllenlärm veranstaltete, schien er zu spüren, dass er nicht mehr allein war. Ganz unvermittelt hielt er inne und drehte sich um.

»O nein!« Muriel schlug erschrocken die Hände vor den Mund, als sie sah, in was für einem Zustand das Pferd war. Die seidige blonde Mähne war verfilzt und voller Stroh, das nussbraune Fell von flockigem Schweiß bedeckt. Die Nüstern waren gebläht und die dunklen Augen weit aufgerissen. Noch nie hatte Muriel ein Pferd gesehen, auf das der Ausdruck »irre« so gut gepasst hätte wie auf Ascalon in diesem Augenblick.

»Ein furchtbarer Anblick, nicht wahr?« Tiefes Mitgefühl schwang in der Stimme ihrer Mutter mit. »Dabei ist er doch hier, damit es ihm besser geht.« Sie stieß einen tiefen Seufzer aus. »Verstehst du nun, warum ich so ratlos bin? Wenn er doch wenigstens etwas fressen würde ...« Sie machte eine hilflose Geste. »Ich weiß einfach nicht weiter.«

»Wenigstens ist er jetzt ruhig.« Muriel spürte Ascalons Blick auf sich ruhen. Er musterte sie auf eine Weise, wie sie es noch bei keinem anderen Pferd erlebt hatte.

Wie unheimlich.

Muriel erschauerte.

Ihrer Mutter entging nicht, dass sie zögerte. »Nun, hast du es dir doch noch anders überlegt?«, fragte sie.

Muriel schüttelte stumm den Kopf. Ihre ganze Aufmerksamkeit galt jetzt Ascalon. Ohne ihn aus den Augen zu lassen, steckte sie die Hand in die Westentasche, holte einige Leckerli hervor und ging langsam auf die Box zu.

»Sei vorsichtig!«, hörte sie ihre Mutter hinter sich flüstern.

Ascalon schnaubte und scharrte mit dem Vorderhuf, fing aber nicht wieder an auszuschlagen. Ganz ruhig stand er an der Boxentür und streckte Muriel die Nase über das zersplitterte Holz hinweg entgegen. Die Nüstern bewegten sich schnuppernd. Als er den Duft der Leckerli wahrnahm, wurde er unruhig, blieb aber brav.

»Hier, die sind für dich!« Nur ein halber Meter trennte Muriel jetzt noch von dem wuchtigen Kopf des Pferdes, das immer wieder gierig die Zähne bleckte und versuchte die Leckerli mit den Lippen zu erreichen.

»Du Armer, hast bestimmt großen Hunger.« Muriel klopfte das Herz bis zum Hals, als sie noch ein Stück näher an die Box herantrat. Sie war immer noch fest davon überzeugt, dass Ascalon ihr nichts tun würde, aber das große Pferd leibhaftig vor sich zu sehen, war etwas ganz anderes, als am Küchentisch darüber zu sprechen.

»Willst du nicht doch lieber eine Möhre nehmen?« Die besorgte Stimme ihrer Mutter trug nicht gerade dazu bei, ihr Mut zu machen.

Muriel ärgerte sich. Warum hatte es überhaupt erst so weit kommen müssen? Warum hatte ihre Mutter sie nicht schon vorher zu Ascalon gelassen? Vor ein paar Tagen war alles so einfach gewesen. Da hatte sie keine Angst gehabt.

Nun mach schon!, spornte sie sich in Gedanken an. Er tut dir nichts.

Ein kurzes Zögern, dann schloss sie die Augen und tat den letzten Schritt. Sie hörte, wie ihre Mutter scharf die Luft einsog, und spürte den warmen Atem des Pferdes an ihren kalten Fingern. Der Wind heulte durch die Ritzen des Daches und irgendwo draußen bellte Titus so heftig, als wolle er sie warnen.

Muriel unterdrückte den Impuls, die Hand wegzuziehen. Er beißt mich nicht!, ermutigte sie sich in Gedanken. Er beißt mich nicht!

Und wirklich – so vorsichtig, als spüre er ihre Furcht, nahm Ascalon die Leckerli mit den Lippen von ihrer Hand.

Muriel hörte ihre Mutter aufatmen, öffnete die Augen und stieß selbst einen erleichterten Seufzer aus. Noch ehe sich ihr hämmernder Herzschlag beruhigt hatte, griff sie erneut in die Tasche und hielt Ascalon mit den Worten: »Hier, die sind auch für dich!«, noch mehr Leckerli hin, die er, wie schon zuvor, sanft entgegennahm.

Muriel war so stolz und glücklich, dass sie glaubte platzen zu müssen. Einem plötzlichen Impuls folgend, trat sie auf Ascalon zu, schlang die Arme um seinen Hals und sagte: »Ich wusste doch, dass du mein Freund bist! Ich wusste es.«

Ein Traum wird wahr

Wie ein Dieb in der Nacht glitt ein Schatten über den mondbeschienenen Hofplatz. Zielsicher bewegte sich die dunkle Gestalt auf die Tür des Patientenstalls zu, öffnete sie und schlüpfte lautlos hinein.

Niemand hatte sie gesehen, niemand hatte sie gehört. Sie war hier und doch war sie es nicht. Sie wusste sich wohl zu verbergen.

Im schwachen Schein das Nachtlichts, das den Stall spärlich erhellte, trat sie vor die Box, in der sich das einzige Pferd in diesem Stall zur Ruhe gelegt hatte.

Mein Freund.

Ihre Lippen bewegten sich nicht, als sie die Worte in die Stille wob, aber das Pferd reagierte sofort. Schnaubend kam es auf die Beine und begrüßte die späte Besucherin, indem es ihr freudig die Nüstern entgegenstreckte.

»Ascalon, mein Freund!« Die Frau schob die Kapuze ihres Umhangs zurück und strich dem Wallach sanft über das seidige Fell. »So hast du deine Wahl also getroffen«, raunte sie ihm zu. »Sie ist noch sehr jung, aber ich zweifle nicht an der Weisheit deiner Entscheidung.«

Ascalon schnaubte leise.

»Ich bin froh, dass die Suche endlich ein Ende hat«, fuhr die Frau fort. »Dringende Aufgaben warten auf dich, die keinen Aufschub mehr dulden. Du musst sie zu mir führen – Bald. Hörst du? Ich werde sie unterweisen, so, wie ich jeden deiner Gefährten unterwiesen habe. Und sie wird verstehen, so, wie alle vor ihr verstanden haben.«

Wieder schnaubte Ascalon leise.

»Gut!« Die Frau lächelte und strich Ascalon ein paar Mähnenhaare aus der Stirn. »Ach, Ascalon«, sagte sie voller Zuneigung. »Was würde ich nur ohne dich machen. Ohne dich und deine Gefährten ...«

Ein letztes Mal sah sie ihm tief in die Augen. Dann streifte sie sich die Kapuze über, wandte sich um und glitt hinaus, wie sie gekommen war, lautlos und geheimnisvoll. Ein Schatten im Mondlicht, fort und doch nicht fort.

»Stimmt es, dass du dich ab heute um Mamas neuen Patienten kümmern darfst?«, begrüßte Vivien Muriel schon an der Haustür, als diese am nächsten Tag von der Schule kam.

»Was dagegen?« Schwungvoll stellte Muriel ihren Rucksack im Flur ab. Sie hatte sich so sehr auf das Wochenende gefreut, aber die letzte Schulstunde hatte ihre Stimmung auf null gedrückt. Geschichte! Es gab nur ein Fach, das Muriel noch weniger leiden konnte, und das war Physik. Trotzdem hatte sie es bisher irgendwie immer geschafft, in beiden Fächern halbwegs gute Noten zu bekommen – bis jetzt. Das Referat über die Hexenverfolgung im Mittelalter war eine glatte Fünf geworden. Um die wieder wettzumachen, würde sie für die nächste Geschichtsarbeit ganz schön büffeln oder vor der ganzen Klasse freiwillig ein besonders gutes mündliches Referat über das Leben im Mittelalter halten müssen. Dafür hatte ihre Lehrerin denen, die eine Fünf geschrieben hatten, drei Wochen Zeit gegeben.

Und das, obwohl ich keinen blassen Schimmer davon habe, wie die Menschen damals gelebt haben, dachte sie mürrisch und bückte sich, um ihre Schuhe auszuziehen.

»He, hast du etwa schlechte Laune?« Vivien knuffte sie unsanft in die Seite.

»Lass mich in Ruhe!« Mit einer Hand schubste Muriel Vivien zur Seite. Diese taumelte einen Schritt rückwärts, stolperte über Muriels Rucksack, plumpste unsanft auf den Po und fing sofort an zu heulen.

»Teresa!«, rief sie unter Tränen.

»Dios mío!« Mit einem Geschirrtuch in den Händen kam Teresa aus der Küche und half Vivien auf. »Müsst ihr euch denn immer streiten?« Sie seufzte und schüttelte den Kopf. »Jetzt kommt in die Küche. Das Essen ist fertig.«

»Mama hat gesagt, dass du Ascalon gestern Abend gestriegelt und gefüttert hast«, fing Vivien noch einmal an, als der Teller mit dampfenden Spaghetti vor ihr auf dem Tisch stand. »Stimmt das?«

»Ja!« Muriel antwortete mit vollem Mund.

»Cool.« Vivien bekam ganz große Augen. »Darf ich dir helfen, wenn du ihn wieder putzt?«

»Nein!«, antwortete Muriel kauend.

»Aber ich kann das schon!«, behauptete Vivien. »Andrea hat mir alles gezeigt, den Striegel, die Kardätsche, den …«

»Prima, dann kannst du ja Nero und die anderen Pferde in Zukunft putzen«, erwiderte Muriel gelassen.

»Aber ich will dir helfen!«

»Nein!« Muriel verdrehte genervt die Augen. »Mama hat gesagt, dass ich mich allein um Ascalon kümmern soll. Allein!«

»Du bist gemein!« Vivien schmollte. Lustlos stocherte sie mit der Gabel in den Spaghetti herum.

»Du hast gehört, was deine Mutter gesagt hat, mi chica«, mischte sich Teresa in das Gespräch ein. »Und nun iss, sonst werden die Spaghetti kalt.«

Nach dem Mittagessen besserte sich Muriels Laune schlagartig.

In Windeseile tauschte sie ihre Schulklamotten gegen eine verwaschene Jeans und ein altes Sweatshirt und machte sich auf den Weg zu Ascalon, um ihn so richtig gründlich zu putzen.

Ihre Mutter erwartete sie schon.

»Und? Wie hat er sich heute benommen?«, fragte Muriel, während sie die Stalltür hinter sich schloss.

»Besser!« Ihre Mutter wirkte sehr zufrieden. »Arbeiten kann ich zwar noch nicht mit ihm, aber immerhin hat er aufgehört auszuschlagen und das Holz der Tür zu zerbeißen.« Sie lächelte ihrer Tochter zu. »Ich würde sagen, dein mutiges Experiment von gestern Abend hatte auf ihn eine beruhigende Wirkung.«

»Danke!« Muriel grinste, holte einige Leckerli aus der Westentasche und begrüßte Ascalon, der ihr schnuppernd die Nüstern entgegenstreckte, wie einen alten Freund. »Und jetzt mache ich dich fein!«, sagte sie und ging in die Sattelkammer, um sich einen Putzkasten zu holen.

»Stört es dich, wenn ich dir dabei ein wenig zusehe?«, fragte ihre Mutter.

»Nö, gar nicht.« Mit dem Putzkasten in der einen und einem Halfter in der anderen Hand kam Muriel aus der Sattelkammer. Sie wusste, dass ihre Mutter immer noch große Sorge hatte, dass Ascalons Zuneigung zu ihr nur eine vorübergehende Erscheinung war, und konnte gut verstehen, dass sie lieber in der Nähe blieb, wenn sie den Wallach zum ersten Mal aus der Box führte.

»Du putzt ihn aber noch nicht auf dem Hof«, hörte sie ihre Mutter sagen. »Die Stalltür bleibt zu.«

»Keine Sorge.« Muriel stellte den Putzkasten ab und ging mit dem Halfter zur Box. »Ich mache das hier drinnen.« Sie deutete auf den freien Platz neben der Tür. Dort stapelten sich im Spätsommer immer die Strohballen. Jetzt, im Frühjahr, war der Vorrat schon so weit geschrumpft, dass sie die Ballen vom Heuboden holen mussten. Die obere Hälfte der Stalltür war weit geöffnet, um Licht und frische Luft hineinzulassen. Sogar ein paar Sonnenstrahlen fielen noch auf den Betonboden.

»So, Ascalon.« Muriel trat vor die Box. »Jetzt geht es los.« Sie hielt den Atem an, als sie das Halfter hob. Füttern und Streicheln waren die eine Sache, aber würde er es sich auch gefallen lassen, dass sie ihm das Halfter anlegte?

Insgeheim rechnete sie bereits damit, dass er den Kopf zurückziehen und sich sträuben würde. Aber Ascalon überraschte sie erneut. Ohne zu zucken, ließ er es zu, dass sie ihm das Halfter über Nase und Kinngrube streifte und den Karabinerhaken des Führstricks daran befestigte.

»Wunderbar!« Renata Vollmer war begeistert. »Ehrlich! Noch vor fünf Minuten hätte ich zehn Euro darauf gewettet, dass du es nicht schaffst, ihm das Halfter anzulegen.«

»Das hättest du ruhig früher sagen können.« Muriel tat, als ob sie schmollte, dann grinste sie und sagte: »Die kleine Taschengelderhöhung hätte ich mir nicht entgehen lassen.«

»Die hast du dir auch ohne eine Wette längst verdient«, antwortete ihre Mutter lachend. »Wo du jetzt schon meine Arbeit machst.« Sie stand auf und wollte auf Muriel zugehen, blieb dann aber stehen, weil Ascalon unruhig wurde und zurückwich.

»Na, da scheinen mir die Sympathien aber doch recht deutlich verteilt zu sein«, sagte sie kopfschüttelnd, wandte sich um und setzte sich wieder. »Seltsam, sehr seltsam.«

Ascalon beruhigte sich augenblicklich. Muriel wartete noch einen Moment, dann schickte sie sich an, ihn aus der Box zu führen. »Aber du bleibst da sitzen«, ermahnte sie ihre Mutter in einem Ton, als hätte sie mit ihr die Rolle getauscht.

»Ja, Mam«, murmelte Renata Vollmer gespielt geknickt, während sie beobachtete, wie Muriel Ascalon zum Putzplatz führte. Wieder benahm sich der Wallach tadellos. Er versuchte weder auszubrechen noch wehrte er sich, als Muriel begann, sein Fell mit dem Gummistriegel zu säubern.

»Das ist unglaublich«, sagte Renata Vollmer anerkennend. »Wenn man ihn jetzt so sieht, würde man niemals glauben, was für ein Biest er sein kann.«

»Er hat sicher nur Angst!«, vermutete Muriel.

»Nein!« Ihre Mutter schüttelte den Kopf. »Nein, Angst hat er nicht. Ich habe schon Pferde mit unterschiedlichen Ängsten behandelt, aber das hier ist etwas anderes.« Sie machte sich einige Notizen auf ihrem Schreibblock und fügte dann hinzu: »Es ist natürlich noch viel zu früh, um wirklich Rückschlüsse aus seinem Verhalten ziehen zu können, aber es deutet einiges darauf hin, dass er unglaublich sensibel auf Menschen reagiert. Und das sehr extrem. Entweder mag er sie und ist ganz brav, so wie bei dir. Oder er lehnt sie ab und benimmt sich abweisend. Je stärker die Abneigung gegen die Person oder das, was sie mit ihm machen will, ist, desto heftiger reagiert er.«

»Dann muss er sich bei Madame de Chevalier aber sehr unwohl gefühlt haben.« Muriel hielt im Striegeln inne und schaute ihre Mutter an.

»Mag sein.« Ihre Mutter nickte. »Aber dann hätten wir ein Problem.«

»Wie meinst du das?«

»Nun, wenn sein seltsames Verhalten wirklich an dem Gestüt im Elsass und dem Umgang dort liegt, kann ich ihm wohl kaum helfen.« Renata Vollmer seufzte. »Dafür müsste ich nämlich die Ursache des Übels finden und sie beseitigen – verstehst du?«

»Du meinst, er kann dann nicht wieder zurück?« Muriel zog die Stirn kraus. Da kam ihr ein Gedanke: »Könnte es nicht sein, dass er sich nur deshalb so schlimm benommen hat, weil er unbedingt von Madame de Chevalier wegwollte?«, überlegte sie laut. »Dass er das richtig geplant hat? Glaubst du, dass ein Pferd so etwas denken kann?«

»Normalerweise nein!« Ihre Mutter machte noch eine Notiz ohne aufzublicken. »Aber ich sagte ja schon, dass mir so ein Pferd wie Ascalon noch nie untergekommen ist. Er ist wirklich sehr, sehr klug.«

»Also, ich nehme ihn gern.« Muriel lachte, aber es war deutlich zu spüren, wie ernst es ihr damit war. Sie klopfte Ascalon den Hals und fragte: »Und du würdest auch gern hierbleiben. Nicht wahr, Ascalon?« Der Wallach schnaubte und bewegte den Kopf, als würde er nicken.

»Na, da scheinen sich ja zwei einig zu sein.« Ihre Mutter schmunzelte. »So einfach ist das aber leider nicht.«

Piep, piep, lülülüt, lülülüt!

Renata Vollmer zog das Handy aus der Jackentasche und schaute auf das Display. »Oje, das ist schon wieder Herr Carstensen. Das kann länger dauern«, sagte sie, drückte die grüne Taste und nahm den Anruf an.

»Vollmer.«

»Hallo, Herr Carstensen ... Was? Es ist noch nicht besser geworden? Seltsam, die Medikamente hätten längst anschlagen müssen ... Ah, verstehe! ... Warten Sie, ich sehe mal nach ...«

Muriel erbleichte, als sie sah, wie ihre Mutter aufstand.

»Keine Sorge, ich nehme die Hintertür!« Renata Vollmer deutete auf die rückwärtige Stallwand und Muriel atmete auf. Wie alle Saddlebreds war auch Ascalon ein großes und kräftiges Pferd. Der dünne Führstrick stellte für ihn kein Hindernis dar. Nicht auszudenken, wenn er auf dem Putzplatz so ausflippen würde wie zuvor in der Box.

Aber Ascalon verhielt sich ganz ruhig.

Als ihre Mutter gegangen war, legte Muriel den Striegel fort. Sie wollte gerade die Kardätsche zur Hand nehmen, da beschlich sie plötzlich das Gefühl, beobachtet zu werden.

Ascalon hatte ihr den Kopf zugewandt und schaute sie, wie schon vor ein paar Tagen, aus seinen großen dunklen Augen aufmerksam an.

Muriel erschauerte. Stell dich nicht so an, ermahnte sie sich selbst in Gedanken. Er ist nur neugierig, weiter nichts.

Trotzdem war ihr der Blick nicht geheuer. Etwas Geheimnisvolles lag darin. Etwas, das Muriel nicht mit Worten beschreiben konnte und das sie ganz in seinen Bann schlug. Unfähig sich zu bewegen stand sie da und starrte Ascalon an. Es war absurd, aber auf magische Weise fühlte sie sich hineingezogen in das Dunkel seiner Augen.

Das Herz klopfte ihr bis zum Hals. Ihr wurde schwindelig und sie musste sich an der Wand abstützen, während die Konturen der Umgebung langsam zu einem tristen Grau verschwammen, in dem nur noch Ascalon deutlich zu erkennen war. Muriel atmete schnell. Sie wusste nicht, ob es ein Traum oder Wirklichkeit war. Sie hätte Angst haben müssen, aber sie spürte nichts. Alles, was sie fühlte, war Verwirrung und das unbestimmte Gefühl, auf dem Rücken eines Pferdes zu sitzen.

Was geht hier vor?, dachte sie. Was geschieht mit mir?

Und als sei dies die Antwort auf ihre Fragen, lichtete sich das allgegenwärtige Grau und ein Bild erschien vor ihren Augen:

Sie ritt auf Ascalon durch einen nächtlichen Wald. Sein Atem stieg in weißen Wolken in die Nacht auf und seine Mähne schimmerte, als wäre sie aus Silber. Der Zweitakt der Hufe ließ den kräftigen Körper des Pferdes unter ihr erbeben, dennoch hatte sie das Gefühl zu schweben.

Es war ein Ritt, wie es ihn nur im Traum geben konnte.

Gewaltige Bäume, die entfernt an Mammutbäume erinnerten, säumten ihren Weg. Im Mondlicht, das schwach durch das ferne Blätterdach fiel, erkannte sie lange, blütenbesetzte Ranken und blasse, fadenartige Gewächse, die von den Baumkronen fast bis zur Erde herabhingen.

Staunend blickte sie sich um. So eine Landschaft hatte sie noch nie gesehen. Ascalon hingegen schien sich gut auszukennen. Unbeirrt galoppierte er auf eine Lichtung hinaus. Wie ein Geisterpferd bewegte er sich durch den Nebel, der die Welt ringsumher mit grauen Schleiern einhüllte.

Dann sah sie die Hütte. Sie stand mitten auf der Wiese. Aus dem Schornstein stieg eine helle Rauchsäule fast senkrecht zum Himmel empor. Das einzige Fenster war erleuchtet. Muriel beschlich ein mulmiges Gefühl. Sie wollte nicht zu der Hütte, aber Ascalon hielt direkt darauf zu. Vor der Tür blieb er stehen.

»Komm!« Zart wie ein Windhauch wob sich eine Stimme in die nebelverhangene Stille.

Muriel zögerte. Sie wusste, dass die Worte ihr galten, und spür-

te, dass sie zu der Hütte gehen sollte, aber sie wollte nicht absitzen. Sie fürchtete sich und wollte fort. Fort von diesem unheimlichen Ort. Fort aus dem seltsamen Wald und aus diesem seltsamen Traum, der so anders war als die Träume, die sie des Nachts durch den Schlaf begleiteten.

Sie wollte hier nicht sein – sie wollte nach Hause.

»Komm näher!« Die Stimme war wohlklingend, sanft und lockend. Nichts Bedrohliches lang darin. Dennoch machte sie Muriel Angst.

Noch während sie mit sich rang, schwang die Tür der Hütte auf. Langsam und lautlos! Es gab keine protestierenden Scharniere und keine verrosteten Riegel – sie schwang einfach auf, ohne dass sie jemand geöffnet hatte.

Muriel wurde immer unheimlicher zumute.

Sie hörte Ascalon schnauben und bemerkte, dass er ungeduldig mit dem Huf scharrte.

Geh schon!, schien er zu sagen. Aber Muriel war vor Angst wie gelähmt. Sie saß nur da und starrte auf die Tür, als sich im Inneren der Hütte plötzlich etwas bewegte …

»Muriel! Sag mal, träumst du?« Die Stimme ihrer Mutter brach den Bann, den Ascalons Blick gesponnen hatte. Das Bild der Hütte im Wald zerplatzte wie eine Seifenblase.

Muriel sah ihre Mutter verwirrt an.

»Nein, oder ja, doch …« Sie fuhr sich mit den Händen über die Augen. »Ich weiß nicht. Ich war ganz in Gedanken.«

»Das habe ich bemerkt.« Ihre Mutter verzichtete darauf, näher an Ascalon heranzukommen, und setzte sich wieder auf den Stuhl, der ihr in dieser Woche schon zu einer zweiten Heimat geworden sein musste.

Muriel bückte sich und hob die Kardätsche, die ihr aus der Hand gefallen war, vom Boden auf.

»Alles klar mit dir?«, erkundigte sich ihre Mutter.

»Ja! Ja, natürlich.« Die Antwort kam ein wenig zu schnell, um glaubhaft zu klingen. »Ich war mit den Gedanken nur gerade ganz woanders.«

»Und wo, wenn ich fragen darf?«, hakte ihre Mutter nach.

»In der Schule. Bei Geschichte.« Muriel verstummte. Sie zögerte, ihrer Mutter von dem misslungenen Referat zu berichten. Fünfen waren nicht eben das, was man zu Hause gern erzählte.

Da sie aber nicht nur eine treffende Ausrede für die Träumereien, sondern auch eine Unterschrift ihrer Mutter unter der Zensur brauchte, fiel ihr die Entscheidung leicht. »Wir sollten ein Referat schreiben«, rückte sie kleinlaut mit der Sprache heraus. »Über die Hexenverfolgung im Mittelalter.«

Sie verstummte. Auf schlechte Neuigkeiten musste man seine Eltern langsam vorbereiten.

»Und?« Ihre Mutter machte ein Gesicht, als sei sie auf das Schlimmste gefasst.

»Also … der Brüller ist es nicht geworden.« Muriel

bürstete hastig weiter und bückte sich, um dem Blick ihrer Mutter zu entgehen.

»Vier?«, hörte sie ihre Mutter fragen.

»Nicht ganz.« Muriel holte tief Luft. »Fünf«, räumte sie kleinlaut ein.

»Du hast recht, das ist wirklich kein Brüller.«

Muriel staunte, wie gefasst ihre Mutter die Note hinnahm. Sie richtete sich auf und schaute sie über Ascalons Rücken hinweg an. »In der letzten Arbeit hatte ich aber eine Zwei«, sagte Muriel schnell, um nicht ganz so schlecht dazustehen.

»Das lässt ja hoffen, dass die schlechte Note eine Ausnahme bleibt.« Ihre Mutter lachte. »Ich habe nämlich gerade überlegt, ob ich dir Ascalons Betreuung übertragen soll, solange er bei uns zu Gast ist. Deine Nähe scheint ihm gut zu tun.«

»Heißt das, ich soll ... ich darf ... ich kann ihn besuchen, wann immer ich will?«, stammelte Muriel, die vor Überraschung gar nicht wusste, was sie sagen sollte, und ihre Mutter anstrahlte.

»Nicht nur besuchen. Füttern, Putzen, Longieren und vielleicht auch Reiten. Madame de Chevalier sorgt sich, dass er hier nicht genügend Bewegung bekommt, und bat mich, eine mutige Bereiterin für ihn zu suchen.« Ihre Mutter verstummte und sah sie streng an. »Aber natürlich nur, wenn die Schule nicht darunter leidet.«

»Keine Sorge, so ein Ausrutscher kommt nicht wieder

vor.« Muriel konnte ihr Glück nicht fassen. »Hast du das gehört?«, fragte sie Ascalon, während sie ihm sanft über den Nasenrücken strich. »Ich darf mich ab jetzt immer um dich kümmern. Cool nicht? Du wirst sehen, wir beide haben viel Spaß miteinander.«

Ein Pflegepferd für Muriel

Nachdem Muriel Ascalon fertig geputzt hatte, besorgte sie einen Heuballen und eine große Portion der Getreide-Kraftfutter-Mischung, die ihre Mutter nach den Angaben von Madame de Chevalier für ihn zusammengestellt hatte. Während er fraß, blieb sie in seiner Nähe.

Am späten Nachmittag wagte sie dann den nächsten Schritt.

Ascalon hatte viel zu lange in der Box gestanden und brauchte dringend Bewegung. Da ihre Mutter es noch nicht erlaubte, ihn aus dem Stall zu lassen, entschied sich Muriel, ihn in der kleinen Halle zu longieren, die unmittelbar an den Patientenstall grenzte.

Und auch dabei verhielt sich Ascalon vorbildlich.

Auf Zuruf wechselte er augenblicklich die Gangart; trabte, galoppierte und lief die Zirkel, ohne dass Muriel eingreifen musste. Der lange, buschige Schweif und die sorgfältig gekämmte Prachtmähne wallten im Takt der Schritte, während er sich kraftvoll im Kreis bewegte.

»Wenn ich es nicht mit eigenen Augen sehen würde, ich würde es nicht glauben.« Renata Vollmer, die ihre Tochter nun schon eine halbe Stunde beim Longieren beobachtete, war begeistert. »Ascalon ist wie ausgewechselt. Es ist unglaublich!«

»Das sieht aber toll aus!«, ertönte in diesem Augenblick Viviens Stimme aus der hinteren Ecke des Stalls. »Wie ein richtiges Zirkuspferd.«

»Vivien!« Renata Vollmer drehte sich um und schaute ihre jüngste Tochter erbost an. »Wer hat dir erlaubt hier reinzukommen?«

»Niemand!« Vivien setzte ihr unschuldigstes Lächeln auf, verschränkte die Arme hinter dem Rücken und ging an der Wand entlang auf ihre Mutter zu. »Im Haus ist es sooo langweilig«, sagte sie mit perfekt einstudierter Unschuldsmiene und fügte hinzu: »Bitte, Mama, darf ich Muriel zusehen? Ich bin auch ganz leise.«

»Also gut.« Renata Vollmer seufzte und deutete neben sich. »Du kannst dich hier auf den Strohballen setzen. Aber keinen Mucks, hörst du?«

Vivien nickte ernst und legte den Zeigefinger auf die Lippen. »Versprochen«, flüsterte sie.

Das Versprechen hielt sie ungefähr fünf Minuten.

»Immer nur Trab ist doof!«, sagte sie so laut, dass Muriel es hören musste. »Kannst du ihn nicht mal galoppieren lassen?«

»Du kannst ja wieder rausgehen, wenn es dir zu langweilig ist«, erwiderte Muriel mürrisch. »Das ist schließlich keine Zirkusvorführung.«

Vivien zog einen Schmollmund und verschränkte die Arme vor der Brust. Für wenige Augenblicke herrschte Ruhe, dann rief sie: »Du lässt die Longe zu weit durchhängen! Andrea sagt, dass sie ... «

»Mam!« Muriel sandte einen flehenden Blick an ihre Mutter. »Kannst du sie nicht fortschicken?«

»Vivien, so geht das nicht.« Renata Vollmer legte den Notizblock aus der Hand und schaute ihre jüngste Tochter kopfschüttelnd an. »Du hast versprochen leise zu sein.«

»War ich doch.«

»Ja, ganze fünf Minuten.« Ascalon mit sich führend, ging Muriel auf Vivien zu, hielt aber einen großen Abstand, weil sie nicht wusste, wie der Wallach auf die Nähe der beiden Zuschauer reagieren würde.

»Vivien, du nervst«, sagte sie gereizt. »Merkst du das nicht? Dauernd plapperst du dazwischen. So kann ich nicht arbeiten.«

»Muriel hat recht«, pflichtete Renata Vollmer ihrer Ältesten bei. »Du hast versprochen ruhig zu sein. Wie wäre es, wenn du ... «

»Ich gehe nicht weg!«, verkündete Vivien und schob trotzig die Unterlippe vor. »Ich will Muriel zusehen!«

»Dann höre ich sofort auf mit dem Longieren.« Muriel war so wütend, dass sie glaubte, platzen zu müssen. Warum war ihre Mutter nur immer so nachsichtig mit ihrer kleinen Schwester? Vivien tanzte allen auf der Nase herum, aber niemand hielt es für nötig, sie in ihre Schranken zu weisen. »Hau ab!«, zischte sie Vivien zu.

»Nö!« Demonstrativ machte Vivien es sich auf den Strohballen bequem. »Mama hat gesagt, ich darf bleiben.«

»Das war, bevor du angefangen hast zu stören!« Am liebsten hätte Muriel ihre Schwester am Arm gepackt und eigenhändig aus dem Stall geschleift. Das Letzte, was sie beim Longieren gebrauchen konnte, waren Viviens neunmalkluge Kommentare.

»Vivien, ich finde, es reicht«, mischte sich ihre Mutter in das Streitgespräch ein. »Wenn es Muriel stört, dass du ständig dazwischenredest, kannst du nicht hierbleiben. Ganz gleich, was ich vorher gesagt habe.«

»Da hörst du es«, griff Muriel die Worte ihrer Mutter auf. »Also, geh jetzt!«

Ein freches Grinsen huschte über Viviens Gesicht. »Du kannst mir gar nichts befehlen.« Sie wollte noch etwas hinzufügen, aber Ascalon kam ihr zuvor. So rasch, dass Muriel nicht reagieren konnte, schnellte er vor und schnappte nach Vivien.

»Ma-ma!« Kreischend rettete sich die Sechsjährige auf den Strohballen und presste den Rücken fest an die Wand. Blass, die Augen vor Schreck geweitet, starrte sie Ascalon an, als sei er ein leibhaftiger Dämon. Von der Bewunderung, mit der sie ihn eben noch angesehen hatte, war nichts geblieben.

»Nimm ihn weg, Mama!«, kreischte sie außer sich vor Angst. »Nimm ihn weg! Nimm ihn weg!«

»Muriel!« Renata Vollmer sprang auf, schloss die schluchzende Vivien in die Arme und blickte Muriel tadelnd an. »Kannst du denn nicht aufpassen? Du weißt doch, wie sensibel er ist. Das hätte böse enden können. Führ Ascalon sofort zurück in die Mitte der Halle.«

»Er ist ein Teufel!« Vivien schniefte, wischte die Tränen fort und warf Muriel über die Schulter ihrer Mutter hinweg einen vernichtenden Blick zu. »Ich hasse ihn.«

Muriel sagte nichts. Es war ihr ziemlich schnuppe, wen oder was Vivien gerade zu hassen glaubte. Meistens hatte sich das am nächsten Tag sowieso schon wieder geändert.

Sie beschäftigte etwas anderes.

Ascalon hatte genau in dem Augenblick nach Vivien geschnappt, als sie sich gewünscht hatte, dass sie verschwinden möge.

Ein Zufall? Oder nicht?

Während sie Ascalon zurück in die Halle führte, sah sie, wie Vivien aus der Halle lief.

Erleichtert nahm sie das Longieren wieder auf.

Ascalon lief die Zirkel, als sei nichts geschehen, aber Muriel ging der Vorfall nicht aus dem Kopf. Sie war überzeugt, dass Ascalon ihre Gedanken gelesen hatte, und nahm sich vor von nun an sorgfältig auf Hinweise zu achten, die diesen Verdacht bestätigten.

An diesem Wochenende wich Muriel nicht von Ascalons Seite. Nadine war zu einer Taufe bei Verwandten eingeladen und so konnte sie sich guten Gewissens der neuen Aufgabe widmen, ohne ihrer Freundin absagen zu müssen.

Am Samstagmorgen stand sie vor allen anderen auf und lief in den Stall, um nach Ascalon zu sehen. Für das anschließende gemeinsame Frühstück mit der Familie hatte sie kaum Zeit, denn sie hatte sich in den Kopf gesetzt, einen kleinen Trialparcours in der Halle aufzubauen, um Ascalon ein wenig Abwechslung zu bieten.

Der Tag verging wie im Flug. Am Abend fiel sie glücklich und erschöpft ins Bett und konnte es gar nicht erwarten, am nächsten Morgen weiterzumachen.

»Traust du dir schon zu, mit Ascalon spazieren zu gehen?« Die Frage ihrer Mutter am sonntäglichen Frühstückstisch kam so überraschend, dass Muriel sich an ihrem Orangensaft verschluckte.

»Klar«, presste sie zwischen zwei Hustenanfällen hervor.

»Na, dann ist ja alles bestens!« Renata Vollmer lächelte und schaute zum Fenster hinaus. »Das Wetter ist so herrlich, da wäre es geradezu Tierquälerei, mit Ascalon in der

Halle zu arbeiten. Außerdem habe ich in den vergangenen zwei Tagen den Eindruck gewonnen, dass du mit ihm wunderbar harmonierst.« Sie blickte Muriel anerkennend an. »Ehrlich. Das machst du wirklich gut. Ich bin schon sehr gespannt, wie er sich draußen verhält.«

»Und wer fährt mich zum Punktspiel?«, mischte sich Mirko etwas genervt in das mal wieder sehr pferdelastige Gespräch ein.

»Mi chico, ich natürlich!« Teresa grinste und strich Mirko mütterlich über das dunkle Haar. »Glaubst du wirklich, ich lasse es mir entgehen zu sehen, wie der zukünftige Libero der deutschen Nationalmannschaft den Aufstieg in die Kreisliga schafft?«

»Teresa, du bist wirklich eine Perle.« Renata Vollmer lachte. »Ich wüsste nicht, wie ich den dreien ohne dich gerecht werden könnte.«

»Du meinst wohl mir.« Mirko schnitt eine Grimasse. »Muriel und Vivien haben ja ihre Pferde.« Er seufzte. »Wenn Paps eine normale Arbeit hätte, wäre das alles kein Problem.«

»Ich weiß, dass du ihn vermisst«, sagte Renata Vollmer mitfühlend. »Wir vermissen ihn alle. Aber es geht nun mal nicht immer danach, was man sich wünscht.«

»Sí, Señora.« Teresa nickte und fügte zu Mirko gewandt hinzu: »Deine Mutter hat recht. Der Job in Mexiko ist eine große Herausforderung für deinen Vater. Ihr könnt wirklich stolz auf ihn sein.« Sie stand auf und ging an den

Kühlschank, um eine Saftflasche zu holen. »Dios mío!«, rief sie mit einem Blick auf die Küchenuhr aus. »Es ist gleich zehn Uhr! Wenn du rechtzeitig auf dem Platz sein willst, musst du dich jetzt aber wirklich beeilen. Rápido! In zehn Minuten fahren wir los.«

Wenn Teresa etwas sagte, dann war daran nicht zu rütteln. Auf die Sekunde genau zehn Minuten später setzte sie sich ans Steuer ihres betagten Golfs und fuhr mit Mirko vom Hof.

Darauf hatte Muriel nur gewartet. Geräuschvoll ließ sie die letzten Frühstücksmesser in den Geschirrkorb der Spülmaschine fallen, klappte die Tür zu und rief: »Fertig! Ich lauf schon mal rüber und bereite alles vor!«

»Ja, mach nur!« Renata Vollmer, die den Küchendienst übernommen hatte, damit Teresa mit Mirko zum Fußball fahren konnte, steckte den Kopf aus der Speisekammer und nickte ihrer Tochter zu. »Aber warte mit dem Spaziergang, bis ich da bin. Ich räume hier nur noch auf, dann komme ich.«

In rekordverdächtiger Zeit zog Muriel sich um und lief zum Patientenstall hinüber, um Ascalon für den geplanten Spaziergang zu rüsten. Als sie mit dem Kappzaum in der Hand und der Longierleine über dem Arm an die Box trat, streckte Ascalon ihr freudig die Nüstern entgegen.

»Hallo, Ascalon«, begrüßte sie ihn und verkündete: »Heute gehen wir mal im Wald spazieren.«

Ascalon schnaubte und schüttelte die blonde Mähne.

»Ja, ich freue mich auch.« Lachend kramte Muriel eine Handvoll Leckerli aus ihrer Tasche hervor und hielt sie Ascalon auf der flachen Hand hin.

»Aber du musst schön brav sein, hörst du?«, ermahnte sie ihn, während sie ihm das Zaumzeug überstreifte. »Mam hat es zwar erlaubt, aber sie hat immer noch Sorge, dass du mir ausreißen könntest.« Sie schaute Ascalon an, der nun so ruhig dastand, als hätte er sich ihre Worte schon jetzt zu Herzen genommen.

Was für große dunkle Augen er hat ...

Da war es wieder: das Gefühl, dass da mehr war als nur ein Blick. Etwas, das sich ihr aber nicht erschließen wollte.

Wie von selbst formte sich vor ihrem geistigen Auge wieder das Bild der jungen Frau, während die Geräusche um sie herum so schlagartig verstummten, als hätte jemand einen Schalter umgelegt.

Diesmal stand die Frau nicht auf dem Hügel am See – sie stand vor der Hütte, die Muriel schon einmal gesehen hatte. Dichte Nebelschwaden strichen um ihr langes Gewand, als sie langsam über die Lichtung schritt und auf Muriel zukam. Dann hob sie die Hand und winkte ihr zu.

Sie kann mich sehen! Der Gedanke jagte Muriel einen eisigen Schauer über den Rücken.

Das Bild verblasste.

Keuchend und mit klopfendem Herzen stand Muriel im

Stall, reglos und still und lauschte auf die Geräusche, die ihr nun wieder so selbstverständlich an die Ohren klangen, als sei nichts geschehen. Alles war wie immer. Nichts hatte sich verändert. Und dennoch …

Ich fantasiere, schoss es ihr durch den Kopf. Ich träume am helllichten Tag. Sie konnte es nicht fassen. So etwas war ihr noch nie passiert. Wurde sie langsam verrückt? Es war geradezu beängstigend.

Noch ganz in Gedanken versunken, spürte sie die geisterhafte Berührung einer Hand auf der Schulter. Sie stieß einen spitzen Schrei aus und fuhr erschrocken herum.

»Mam!«

»Alles bereit?« Renata Vollmer lachte, wurde aber sofort wieder ernst. »Sag mal, was ist denn mit dir los?«, fragte sie besorgt. »Du bist ja kreideweiß im Gesicht. Man könnte meinen, du hättest gerade ein Gespenst gesehen.«

»Es geht schon wieder.« Obwohl sie noch ganz weiche Knie hatte, gelang Muriel ein Lächeln. »Ich … ich hab dich nicht kommen hören und mich furchtbar erschreckt, als du mir die Hand auf die Schulter gelegt hast.«

»Oh, wirklich?« Ihre Mutter schaute betroffen drein. »Das wollte ich nicht. Das nächste Mal kündige ich mich vorher an – versprochen.«

»Schon gut.« Muriel versuchte gefasst zu klingen. »Ich bin ja auch ein wenig selbst schuld. In Zukunft mache ich meine Nickerchen nur noch oben in meinem Zimmer.« Sie drehte sich um. »Also meinetwegen können wir los.«

Kann Ascalon Gedanken lesen?

Keine fünf Minuten später führten Muriel und ihre Mutter Ascalon zum nahen Wald.

»Herrlich!« Muriel atmete tief durch, wandte das Gesicht der Sonne zu und genoss das Gefühl der Wärme auf der Haut. Sie hielt die Longierleine kurz und ging an Ascalons Seite. »Was für ein Tag.«

Tatsächlich schien es, als habe der Frühling an diesem Morgen endgültig Einzug in die Wälder und Wiesen rings um den Birkenhof gehalten. Die Luft war warm und von lieblichen Düften erfüllt, die Vögel sangen so leidenschaftlich wie schon lange nicht mehr und die Blüten der Buschwindröschen verwandelten den Waldboden in einen leuchtend weißen Teppich. An so manchem Strauch zeigte sich schon zartes Grün und die Blütenstände der Weidenkätzchen lockten die ersten Bienen an.

Eine Weile führte Muriel Ascalon den Waldweg entlang,

dann schwenkte sie nach rechts und ging tiefer in den Wald hinein.

Auf der dicken Laubschicht unter den hohen Bäumen lief es sich weich und federnd. Muriel führte Ascalon in Schlangenlinien um die Bäume herum, indem sie mal in die eine und dann wieder in die andere Richtung abbog, um zu sehen, wie er den Richtungswechseln folgte. Kleine schlanke Buchenstämme, die der Förster im Vorjahr geschlagen hatte, damit die großen Bäume genug Raum zum Wachsen hatten, dienten dabei als natürliche Hindernisse. Ein kleines Bächlein, das sich durch den Wald schlängelte, erforderte gar einen gewagten Sprung.

Ascalon zeigte sich von seiner besten Seite. Ohne zu zögern, folgte er jedem Richtungswechsel, überwand die Hindernisse spielerisch und gab sich so brav, dass er sogar Muriel überraschte. Und mehr noch. Anders als in der Reithalle ließ er es hier im Wald sogar zu, dass ihre Mutter dicht neben ihm ging.

»Ich glaube, er gewöhnt sich langsam an dich!« Muriel zwinkerte ihrer Mutter zu.

»Sieht ganz so aus!« Renata Vollmer wirkte erleichtert. »Man könnte meinen, er weiß, wie viel von seinem guten Benehmen abhängt.«

Muriel sagte nichts. Natürlich weiß er das, dachte sie bei sich. Ich habe es ihm vorhin ja extra noch einmal gesagt. Inzwischen war sie sicher, dass Ascalon jedes ihrer Worte verstand. So sicher, wie sie zu wissen glaubte, dass Ascalon ein ganz besonderes Pferd war. Ein Pferd mit einem Geheimnis. Einem Geheimnis, das irgendwie mit seinem seltsamen Verhalten und ihren Visionen zusammenhing, auch wenn sie dafür immer noch keine Erklärung gefunden hatte.

Ohne eine vernünftige Erklärung aber wagte sie es nicht, mit ihrer Mutter darüber zu sprechen. Renata Vollmer war durch und durch Realistin, die für Spirituelles oder Geheimnisvolles rein gar nichts übrighatte.

Jede Wirkung hat ihre Ursache, pflegte sie immer zu sagen und ließ dabei keinen Zweifel daran, dass es ausschließlich handfeste und behandelbare Ursachen gab.

Muriels Vermutungen würde sie wahrscheinlich sofort als ausgemachten Blödsinn abtun und ihr, wie so oft, eine überbordende Fantasie bescheinigen.

»Ach du Schreck!«

Sie waren noch nicht mal eine halbe Stunde unterwegs, als ihre Mutter plötzlich stehen blieb.

»Was ist los?«, fragte Muriel verwundert.

»Mein Handy!« Ihre Mutter klopfte mit den Händen die Taschen ihrer Steppweste ab und setzte die Suche dann in den Hosentaschen fort. »Es ... es ist weg!«

»Wie, ›weg‹?« Muriel verstand nicht. »Hast du es im Stall liegen gelassen?«

»Nein.« Renata Vollmers Blick huschte suchend über den Boden. »Ich weiß genau, dass ich es eingesteckt habe. Aber jetzt ist es weg.«

»Vielleicht ist es dir aus der Tasche gefallen?«, überlegte Muriel laut.

»Das befürchte ich auch.« Ihre Mutter drehte sich einmal um die eigene Achse und suchte den Boden ringsumher nach dem Telefon ab. »Das finden wir hier nie!«, sagte sie resignierend und deutete auf den dichten weiß-grünen Teppich aus Buschwindröschen. »Außerdem ...«, sie warf einen Blick in die Richtung, aus der sie gekommen waren, »... wissen wir gar nicht mehr, wo wir überall langgegangen sind.«

»Stimmt!« Auch Muriel war ratlos. »Das ist wirklich dumm gelaufen. Und was machen wir jetzt?«

Ehe ihre Mutter antworten konnte, setzte sich Ascalon in Bewegung. Er wandte sich einfach um und schritt so kraftvoll aus, dass Muriel gezwungen war ihm zu folgen.

»Brrr, Ascalon! Steh!« Muriel straffte die Leine, um ihren Worten Nachdruck zu verleihen, aber der Wallach dachte gar nicht daran, zu gehorchen.

»Ich glaube, er will zurück!«, rief Muriel ihrer Mutter ein wenig hilflos zu.

»Kannst du ihn nicht festhalten?«

»Nein!« Muriel hatte sich schon einige Meter von ihrer Mutter entfernt und Ascalon zog sie immer noch weiter. »Was soll ich denn jetzt machen?«

»Gar nichts. Wir gehen zurück. Gib nur acht, dass er nicht auszubrechen versucht«, kam die Antwort ihrer Mutter.

Aber Ascalon hatte etwas anderes im Sinn. Als er ein Stück weit gegangen war, blieb er schlagartig stehen und begann die Buschwindröschen abzugrasen.

»Aha, so ist das also«, murmelte Muriel. »Du willst mir zeigen, dass du hier der Boss bist.« Sie presste die Lippen fest aufeinander und schnitt eine Grimasse. »So nicht, mein Lieber. So nicht.« Sie bückte sich und umfasste die Longierleine unmittelbar hinter dem Karabinerhaken fest mit der Hand, um Ascalon von den Blumen fortzuziehen, als sie im Laub etwas Silbernes aufblitzen sah.

Das Handy!

Muriel traute ihren Augen nicht. »Mam!«, rief sie und winkte aufgeregt. »Mam, komm her! Ich habe dein Handy gefunden!« Schnell hob sie das Gerät auf und wischte es an ihrer Weste trocken, als das Handy klingelte.

»Ist bestimmt für dich.« Muriel ging ihrer Mutter entgegen und reichte ihr den Apparat.

»Vollmer«, meldete diese sich. »Hallo, Teresa ... Wie? ... Kreismeister? Na super ... Gib ihm einen Kuss von mir und sag ihm, wie stolz ich auf ihn bin ... Wie? ... Eine Feier? ... Ja, natürlich könnt ihr noch mit ins Vereinsheim gehen ... Gut. Viel Spaß und bis später.«

»Mirkos Mannschaft ist Kreismeister geworden.« Renata Vollmer lächelte. »Genau zum richtigen Zeitpunkt. Wenn Teresa etwas später angerufen hätte, hättest du den Klingelton nicht gehört und das Handy wäre wohl hier vermodert.«

»Aber es hat nicht geklingelt, als Ascalon es gefunden hat«, wandte Muriel ein.

»Du glaubst wirklich, dass Ascalon das Handy gefunden hat?« Ihre Mutter winkte lachend ab. »Unsinn. Wie sollte er das? Er weiß doch gar nicht, was das ist. Vermutlich hat er das Klingeln gehört und ist neugierig geworden. Teresa hat sicher schon länger versucht mich zu erreichen.«

»Es hat aber nicht geklingelt«, wiederholte Muriel noch einmal nachdrücklich. »Jedenfalls nicht bevor ich es in die Hand genommen habe. Das hätte ich doch gehört.«

»Muriel ...« Renata Vollmer legte den Kopf schief, blickte ihre Tochter an und schmunzelte. »Du glaubst doch nicht im Ernst, dass Ascalon sich auf die Suche nach meinem Handy macht, nur weil er hört, dass wir darüber sprechen?« Sie schüttelte lachend den Kopf. »Also wirklich. Ich habe zwar gesagt, dass er sehr intelligent ist, aber das geht für ein Pferd dann doch zu weit. Allerdings hört er sieben Mal besser als du, da kann es schon sein, dass er das Klingeln lange vor dir gehört hat.«

Muriel sah ihre Mutter an, erwiderte aber nichts. Was hätte sie auch sagen sollen? Ihre Mutter war ausgebildete Tierärztin und Tierpsychologin, sie hatte studiert und wusste alles über Pferde. Der machte man so leicht nichts vor.

Und irgendwie hatte sie ja auch recht. Pferde, die Gespräche belauschten und dann selbst die Initiative ergriffen, um den Menschen zu helfen, gab es doch nur im Fernsehen. Dass Ascalon unmittelbar neben dem Telefon zu grasen begonnen hatte, konnte nur ein Zufall gewesen sein.

Oder doch nicht?

Muriel runzelte die Stirn und warf Ascalon einen prüfenden Blick zu. Der Wallach graste so gleichmütig, als ginge ihn das alles nichts an.

Hatte das Handy wirklich schon geklingelt, als es am Boden lag? Muriel überlegte fieberhaft, konnte sich aber nicht daran erinnern, etwas gehört zu haben. Aber das musste nichts bedeuten, immerhin war sie sehr aufgeregt gewesen, weil Ascalon plötzlich so eigensinnig war. Da hatte sie natürlich nicht auf alle Geräusche geachtet. Muriel seufzte. Jetzt gab es nur noch eine, die ihr weiterhelfen konnte, und das war Teresa.

Ein düsterer Freitag

»Was soll das heißen: Wie oft das Handy geklingelt hat, als ich deine Mutter angerufen habe?« Teresa stellte den Picknickkorb auf den Küchentisch und schaute Muriel verständnislos an. »Meinst du, so etwas zähle ich mit?«

»Nee, aber du kannst mir doch sicher sagen, ob es lange oder nur kurz geklingelt hat, ehe sie rangegangen ist.« Muriel war so aufgeregt, dass sie kaum still stehen konnte. Die Feier im Vereinsheim hatte fast den ganzen Nachmittag gedauert. Entschieden zu lange, wie sie fand. Natürlich war es toll, dass Mirkos Mannschaft die Meisterschaft gewonnen hatte, aber es gab schließlich auch noch andere wichtige Dinge. Sie war nun schon seit Stunden wieder im Haus und brannte darauf, endlich zu erfahren, wie lange das Handy im Wald geklingelt hatte.

»Mi chica, wie soll ich denn das jetzt noch wissen?« Teresa schüttelte den Kopf. »Du kannst dir nicht vorstellen, was für ein Höllenlärm da auf dem Platz war. Ich war heilfroh, dass ich meine eigene Stimme verstehen konnte.«

»Lang oder nur kurz?«, hakte Muriel nach.

»Dios mío!« Teresa schlug theatralisch die Hände über dem Kopf zusammen. »Ist das denn so wichtig?«

»Ja, das ist es.« Muriel setzte eine kriminalistische Miene auf und sagte mit strenger Stimme: »Señora Teresa, antworten Sie bitte, wenn die Kommissarin Sie etwas fragt. Also: Wie lange haben Sie gewartet, ehe die betreffende Person das Gespräch am Mobiltelefon angenommen hat?«

»Nun, ich glaube, das ging recht schnell!«, erwiderte Teresa leicht gereizt, setzte sich auf einen Küchenstuhl, zog die Kaffeekanne aus dem Picknickkorb und fragte: »Ist das Verhör jetzt beendet? Ich würde nämlich wirklich gern in Ruhe eine Tasse Kaffee trinken.«

Aber Muriel war noch nicht ganz zufrieden »Nur kurz, sagst du?«, fragte sie noch einmal. »So etwa zwei Klingeltöne lang?«

»Ja, ja. Kann sein. Zwei oder drei Mal, was macht das schon für einen Unterschied?« Teresa schenkte sich etwas Kaffee ein. »Aber so richtig weiß ich das wirklich nicht mehr. Es könnte auch ...«

»Danke, Resa.« Muriel beugte sich vor und hauchte Teresa einen flüchtigen Kuss auf die Wange. »Du hast mir sehr geholfen.« Dann stürmte sie aus der Küche und lief in den Patientenstall, um ihrer Mutter davon zu erzählen.

Aber Renata Vollmer ließ sich auch jetzt nicht überzeugen, dass der Handyfund allein auf Ascalons Intelligenz zurückzuführen war. Mit den Worten: »Das ist noch lange kein Beweis. Teresa sagt doch selbst, dass sie nicht genau weiß, wie lange es gedauert hat, bis ich mich gemeldet habe«, war die Sache für sie erledigt und sie lenkte das Gespräch in eine andere Richtung. »Morgen würde ich gern versuchen, ob wir Ascalon zu den anderen Pferden auf die Weide bringen können«, sagte sie zu Muriel. »Er scheint sich inzwischen etwas beruhigt und auch eingewöhnt zu haben. Was meinst du dazu?«

»Das ist eine super Idee.« Muriel war begeistert. »Die Gesellschaft unserer kleinen braven Herde tut ihm sicher gut.«

Den Rest des Nachmittags verbrachte Muriel damit, die vernachlässigten Hausaufgaben nachzuholen. Sie hatte sich das ganze Wochenende so sehr mit Ascalon beschäftigt, dass sie noch gar nicht dazu gekommen war. Als sie schließlich auf die Uhr schaute, war schon Schlafenszeit.

Obwohl sie sehr müde war, lag sie noch lange wach und grübelte. Die Sache mit dem Handy ging ihr einfach nicht aus dem Kopf. Sie war überzeugt, dass es kein Zufall gewesen sein konnte.

Merkwürdig, dass Ascalon gleich losgelaufen ist, nachdem Mam gesagt hat, dass sie das Telefon verloren hat, überlegte sie. Wenn er wirklich zum Birkenhof zurückwollte, warum ist er dann nicht weitergelaufen?

Sie drehte sich auf die Seite und schaute zum Fenster, wo der Mond einen dünnen Lichtstreifen zwischen den Vorhängen hindurchschickte. Für sie gab es keinen Zweifel: Ascalon hatte gewusst, wo das Handy lag, und sie absichtlich dorthin geführt.

»Aber Mam weiß es natürlich mal wieder besser!«, murmelte sie trotzig. Bei den Erwachsenen musste es ja für alles und jedes eine vernünftige Erklärung geben. Vermutlich konnten sie gar nicht anders. Schließlich waren sie erwachsen.

Vielleicht mag Ascalon mich ja gerade deshalb so gern, weil ich als Einzige spüre – nein, weil ich weiß –, dass er ein Geheimnis hat, dachte sie, nahm einen großen Zipfel ihrer Bettdecke fest in den Arm, kuschelte sich in das Kopfkissen und schloss die Augen … Und irgendwann, dachte sie bei sich, ehe sie einschlief, irgendwann werde ich es herausfinden.

Es hatte geregnet. Die Luft war warm, feucht und drückend. Regentropfen funkelten wie abertausend Diamanten auf den Gräsern des Wiese, als der Mond sein Antlitz wieder hinter den Wolken hervorschob. Alles war ruhig.

Es war die dritte Nacht, die Ascalon zusammen mit den anderen Pferden des Birkenhofs auf der Weide verbrachte. Die kleine Herde döste im Mondlicht.

Ein Käuzchen rief. Der pfeifende Laut durchbrach die Stille und verhallte zwischen den Bäumen. Die Pferde kümmerte das wenig. Die Geräusche der Nacht waren ihnen vertraut. Sie fühlten sich sicher.

Nur eines hatte die Ohren gespitzt. Den Kopf wachsam erhoben, stand Ascalon am weißen Holztor der Weide und starrte den Weg entlang, der jenseits des Tores vom Birkenhof kommend in den Wald hineinführte.

Die Muskeln gespannt, die Ohren scharf nach vorn gerichtet, beobachtete er, wie sich die Schatten über dem Waldweg langsam verdichteten. Er hatte die Aura der fremden Wesenheit gespürt, ehe ihr Ruf ihn ereilt hatte. Nun stand er in freudiger Erwartung am Tor und harrte der Dinge, die kommen mochten.

Die wogenden Schatten ballten sich zu einer kleinen Wolke zusammen, die sich aus dem Dunkel des Waldes löste und langsam auf das Tor zuglitt. Sie blieb gestaltlos, aber Ascalon spürte die vertraute Nähe der Wesenheit und zeigte keine Furcht.

Der Weg ist frei.

Worte, in den Nachtwind gewoben, schwebten ihm zu.

Bald, raunte es in seinen Gedanken. *Bald schon …*

Ascalon wieherte leise. Da erschien in der Wolke das Antlitz einer Frau. Ihre jugendliche Schönheit wirkte alterslos und doch haftete ihr die Ahnung von Unendlichkeit an. Ein sphärisches Wesen, mystisch und geheimnisvoll. *Folge dem Weg. Ich erwarte dich.* Ihre Lippen bewegten sich, doch kein Laut durchbrach die nächtliche Stille. Die Worte galten allein Ascalon. Und Ascalon verstand.

Die Frau lächelte. Ein gütiges Lächeln. Wie Rauch im Wind löste sich die Schattenwolke auf und ihr Antlitz verschwand.

Ascalon stand noch eine Weile am Tor und schaute in den Wald hinein. Dann wandte er sich um und gesellte sich wieder zu den anderen, als sei nichts geschehen.

Der Weg war frei. Er wusste, was er zu tun hatte.

Je mehr sich Muriel mit Ascalon beschäftigte, desto ausgeglichener wurde er. Gegen Mitte der zweiten Woche ließ er sich nicht nur von ihrer Mutter, sondern auch von der Pferdepflegerin Andrea und Vivien streicheln und füttern. Von dem anfänglich aggressiven und bissigen Verhalten war nichts mehr zu spüren. Ihre Mutter war sehr zufrieden mit Ascalons Entwicklung und äußerte vorsichtig die Hoffnung, dass Madame de Chevalier ihr Pferd schon bald völlig genesen wieder abholen könne.

Als Muriel das hörte, wurde sie traurig. Sie hatte Ascalon in der kurzen Zeit so sehr ins Herz geschlossen, dass sie ihn am liebsten ganz für sich behalten hätte. Das Gefühl, dass sie zusammengehörten, wurde mit jedem Tag stärker.

Einmal versuchte sie zaghaft das Gespräch darauf zu bringen, ob es nicht möglich sei, Ascalon zu kaufen, aber ihre Mutter nahm die Frage gar nicht richtig ernst.

»Wo denkst du hin, Kind? Ascalon ist ein irrsinnig teures Pferd«, sagte sie kopfschüttelnd. »Selbst wenn ich alle

Ersparnisse dafür hergeben würde, würde das Geld nicht ausreichen ihn zu bezahlen. Wir sind doch keine Millionäre.«

Muriel schwieg. Im Grunde hatte sie schon so eine ähnliche Antwort erwartet. Der Gedanke, Ascalon zu kaufen, war dumm. So dumm, dass er von Vivien hätte stammen können. Aber der Wunsch, das Pferd zu behalten, war so übermächtig, dass sie es wenigstens hatte versuchen wollen.

An einem Freitagabend gab es die nächste niederschmetternde Nachricht. Beim Abendbrot kam ihre Mutter zu ihr, legte ihr die Hand auf die Schulter und sagte mitfühlend: »Ich fürchte, ich habe schlechte Neuigkeiten für dich. Madame de Chevalier hat gerade angerufen. Sonntagvormittag holt sie Ascalon ab.«

… holt sie Ascalon ab … holt sie Ascalon ab … Die Worte hallten in Muriel nach und sie spürte, wie ihr die Röte ins Gesicht schoss. »Aber das ist viel zu früh!«, rief sie aus. »Du hast doch selbst zu mir gesagt, dass er noch mindestens eine Woche …«

»… oder besser zwei Wochen beobachtet werden muss.« Renata Vollmer nickte zustimmend. »Und genau das habe ich auch zu Madame de Chevalier gesagt. Aber sie wollte davon nichts hören und meinte, dass es genüge, wenn er sich anständig benimmt und die Nähe von Fremden zulässt.« Sie schüttelte den Kopf und seufzte. »So etwas habe ich noch nicht erlebt. Für sie zählt nur der rasche Therapieerfolg. Von meinen Bedenken, dass Ascalon wahrscheinlich noch labil ist, wollte sie nichts hören.«

»Das wird ihr bestimmt zu teuer«, warf Mirko ein.

»Mag sein.« Renata Vollmer blickte ihren Sohn an. »Ein Pferd behandeln zu lassen ist immer eine kostspielige Sache, aber gerade deshalb sollte man so eine Therapie auch nicht vorzeitig abbrechen.«

»Hast du ihr das nicht gesagt?« Muriel schaute ihre Mutter an, als trüge sie allein die Schuld daran, dass Ascalon so früh heimkehren musste.

»Nun, ich habe es versucht, aber sie war sehr hartnäckig und ließ mich kaum zu Wort kommen«, erwiderte ihre Mutter. »Du musst verstehen, dass sie ... «

»Ich verstehe gar nichts. Und ich will es auch nicht verstehen. Ascalon ist noch nicht richtig gesund und du weißt es. Aber du versuchst nicht einmal ihn hierzubehalten.« Muriel knallte die Gabel auf den Teller, sprang auf und stürzte aus der Küche.

Ascalon würde fortgehen und sie würde ihn nie mehr wiedersehen! Der Gedanke trieb ihr die Tränen in die Augen. Natürlich war ihr klar, dass sie ihn nicht behalten konnte, und natürlich hatte sie die ganze Zeit über gewusst, dass er irgendwann zu Madame de Chevalier zurückkehren musste. Aber doch nicht so bald. Doch nicht schon übermorgen. Muriel ballte die Fäuste. Davon, dass der Abschied so nah war, hatte ihre Mutter nie etwas gesagt.

Bald, hatte sie stets betont. Bald, wenn es ihm besser geht. Aber das Bald, daran hatte sie nie einen Zweifel gelassen, würde erst in ein paar Wochen oder erst im nächsten Monat sein. Wie hätte Muriel denn ahnen können, dass es *so* bald war?

Ohne sich eine Jacke anzuziehen, stürmte sie aus dem Haus und lief zum Patientenstall hinüber. Wenn sie Ascalon so schnell hergeben musste, dann würde sie von nun an nicht mehr von seiner Seite weichen. Sie würde bei ihm bleiben, Tag und Nacht – und niemand würde sie daran hindern können.

Ascalon schien ihren Kummer zu spüren. Er reckte ihr den Kopf über die Boxentür hinweg entgegen und stupste sie sanft mit den weichen Nüstern an, als sie schluchzend den Arm um seinen Hals schlang und die Tränen fließen ließ.

»Ich lasse dich nicht gehen«, schluchzte sie. »Ich lasse nicht zu, dass sie dich mir wegnehmen.«

Ascalon stand ganz still. Muriel hörte seine leisen Atemzüge und spürte sein warmes weiches Fell an ihrer Wange. Sie fühlte sich ihm so nahe wie noch nie. Sie wusste, dass er ihren Kummer spürte, und glaubte zu erkennen, dass auch er traurig war.

Und dann geschah es: Eine sanfte Berührung ihres Bewusstseins weckte ihre Aufmerksamkeit und rief in ihr ein fast schon vertrautes Bild hervor:

Die Frau aus den Nebeln stand jetzt unmittelbar vor ihr. Schatten verhüllten ihr Gesicht, aber diesmal hatte Muriel keine Angst. Im Gegenteil. Eine leise Stimme flüsterte ihr zu, dass die Frau nichts Böses im Sinn hatte. Sie war ihre Freundin, gekommen, um zu helfen.

»Ascalon ist dein.« Wie ein Flüstern floss die Stimme aus den Schatten unter der weiten Kapuze hervor. »Was zusammenfand, darf nicht getrennt werden.«

»Aber sie kommen ihn holen!« Muriel glaubte zu rufen, fühlte aber zugleich, dass ihr kein Ton über die Lippen kam.

Wie war das möglich?

Die Frau wich schwebend zurück.

»Hab Vertrauen«, raunte sie ihr aus der Ferne noch einmal zu, während ihre Gestalt langsam mit den Nebeln verschmolz. »Hab Vertrauen.«

»Muriel!« Der strenge Tonfall ihrer Mutter ließ Muriel herumfahren. »Muriel, was soll das? Du benimmst dich wie ein kleines Kind – schlimmer als Vivien.« Renata Vollmer blickte ihre Älteste kopfschüttelnd an und fuhr dann etwas sanfter fort: »Ich weiß, dass du Ascalon sehr ins Herz geschlossen hast und mache mir deshalb große Vorwürfe. Es war nicht richtig überlegt von mir, dich mit seiner Pflege zu betrauen. Ich hatte nur das Wohl des Pferdes im Auge und nicht bedacht, was das für dich bedeutet. Andererseits bist du aber auch alt genug, um zu verstehen, dass die Tiere, die hierherkommen, nichts weiter sind als Patienten, denen wir helfen müssen. Wir dürfen uns mit unseren Gefühlen nicht zu sehr an sie binden, ganz gleich, wie lange sie hier sind. Irgendwann gehen sie fort und es kommen neue. Das war schon immer so und wird auch immer so bleiben. Sie gehören uns nicht, aber wir können uns damit trösten, ihnen geholfen zu haben, damit sie wieder ein gutes Leben führen können.«

»Das verstehst du nicht!«, fuhr Muriel ihre Mutter mit bebender Stimme an. »Ascalon ist nicht einfach nur ein Patient. Er ist etwas ganz Besonderes.«

»Für dich vielleicht.« Renata Vollmer sprach betont ruhig. »Für mich ist und bleibt er ein Patient. Sein Aufenthalt hier kostet Madame de Chevalier eine Menge Geld. Ich kann es nicht gutheißen, aber ich kann auch verstehen, dass sie die Behandlung nicht unnötig lange hinauszögern will. Ich bitte dich also inständig, vernünftig zu sein und keinen Aufstand zu machen, wenn sie am Sonntag kommt, um ihn abzuholen – o. k.?«

»Keine Sorge, ich schließe mich in meinem Zimmer ein.« Verbitterung schwang in Muriels Worten mit. Sie atmete tief durch, schloss die Augen und legte die Stirn an Ascalons Hals. »Es hat doch alles keinen Sinn.«

»Doch, den hat es!« Renata Vollmer trat näher und strich mit der Hand sanft über Muriels Arm. »Ascalon ist auf einem guten Weg. Das allein zählt. Bei guter Pflege wird er sicher nicht wieder rückfällig werden. Es tut mir wirklich leid, dass ich dir damit solchen Kummer bereite, Liebes. Du hast so viel für ihn getan. Ohne deine Hilfe wäre er vermutlich … « Sie verstummte und fuhr dann fort: »Du hast dir dafür Lob und Anerkennung verdient. Keinen Kummer. Das nächste Mal werde ich deine Gefühle nicht so leichtfertig aufs Spiel setzen.« Sie zog Muriel an sich und schloss sie in die Arme. »Es tut mir leid«, sagte sie noch einmal. »Aber wir können es nicht ändern. Nichts liegt mir ferner, als dich unglücklich zu sehen. Wenn es irgendetwas gibt, das dich trösten kann, sag es mir bitte.«

Muriel antwortete nicht. In ihrem Kummer erschien ihr die Frage ihrer Mutter wie blanker Hohn. Natürlich gab es etwas, das sie trösten konnte. Es war sogar ganz einfach. Ascalon musste nur auf dem Birkenhof bleiben.

Andererseits wusste sie sehr wohl, dass es ein unerfüllbarer Wunsch bleiben würde. Ihre Mutter hatte recht. Ascalon war immer noch ein Patient. Dass er nur für kurze Zeit auf dem Birkenhof war, hatte sie von Anfang an gewusst. Ihr Verhalten war durch und durch kindisch und unvernünftig, aber sie konnte nun mal nicht aus ihrer Haut. Und dann fiel ihr doch etwas ein: »Darf ich morgen einen Ausritt auf Ascalon machen?«, fragte sie und wischte sich die Tränen von der Wange. »Bitte!«

»Einen Ausritt?« Ihre Mutter versteifte sich. »Ausgeschlossen. Das ist viel zu gefährlich …«

»Ich reite auch nicht weit, nur eine oder zwei Stunden«, bettelte Muriel. »Bitte, Mam. Ich habe mich so darauf gefreut, ihn auch mal reiten zu dürfen, und morgen ist doch der letzte Tag. Bitte! Nur ein Mal!«

»Ach, Liebes.« Renata Vollmer seufzte. »Versteh doch. Ich kann es dir nicht erlauben. Wir kennen Ascalon noch viel zu wenig.«

»Aber bei mir ist er doch immer ...«

»... friedlich. Ja, ich weiß«, wurde Muriel von ihrer Mutter unterbrochen. »Aber er ist ein sehr wertvolles Pferd. Stell dir vor, es passiert etwas. Was soll ich Madame de Chevalier sagen, wenn sie am Sonntag ankommt und Ascalon ist verletzt oder gar verschwunden? Nein, nein!« Sie schüttelte den Kopf. »Diese Verantwortung kann ich nicht übernehmen. Und es geht ja auch um deine Sicherheit. Was, wenn er dir unterwegs durchgeht oder dich abwirft, weil er wieder launisch wird?«

»Das passiert nicht!« Verzweiflung schwang in Muriels Stimme mit, aber ihre Mutter ließ sich nicht erweichen.

»Ein Ausritt steht nicht zur Debatte«, sagte sie bestimmt. »Wenn du den Tag morgen bei ihm sein möchtest, kann ich das verstehen, aber er bleibt hier auf dem Hof – verstanden?«

»Du bist gemein!« Wütend riss sich Muriel von ihrer Mutter los und stürmte aus dem Stall. Nie zuvor hatte sie sich so elend gefühlt, nie zuvor einen solchen Kummer aushalten müssen. Mit Tränen in den Augen rannte sie ins Haus, stürmte die Treppe hinauf, warf sich aufs Bett und weinte.

Die Zeit verrann in einem Strom aus Tränen, der irgendwann versiegte, ohne den Kummer gelindert zu haben.

Muriel fühlte sich leer und ausgebrannt. »Ach, Ascalon!« Schluchzend vergrub sie ihr Gesicht im Kissen.

Hab Vertrauen!

Muriel hielt im Weinen inne und lauschte verwundert. Im ersten Augenblick glaubte sie, ihre Mutter sei ins Zimmer gekommen, doch als sie den Kopf ein wenig hob und blinzelnd zur Tür schaute, fand sie diese verschlossen vor.

Niemand war ihr gefolgt. Sie war allein.

Was zusammenfand, darf nicht getrennt werden.

Körperlos schwebte die Stimme durch den Raum. Wie ein Nachhall der Vision, die sie bei Ascalon gehabt hatte.

Ascalon ist dein.

»Was weißt du denn schon!« Muriel war zu traurig und wütend, um Respekt oder gar Furcht zu empfinden. Ihr ganzer Ärger richtete sich gegen die geheimnisvolle Stimme, die sie zu verhöhnen schien. »Ascalon wird niemals mein sein. Übermorgen geht er fort und ich werde ihn nie wiedersehen!«, stieß sie hervor. »Also lass mich in Ruhe!«

Die Stimme verstummte tatsächlich. Nur ein leises *Hab Vertrauen!* war noch zu hören, dann war sie fort.

Muriel atmete auf. Wenn Ascalon fortging, dessen war sie sich ganz sicher, würden auch die Stimmen und Visionen verstummen, die sie seit seiner Ankunft heimsuchten. Aber das war nur ein schwacher Trost. Hätte sie die Wahl gehabt, sie hätte die sonderbaren Erscheinungen noch hundert Jahre ertragen, wenn sie dafür nur Ascalon behalten konnte – doch sie hatte keine Wahl.

Überraschende Wendung

Am Samstagmorgen fiel Muriel das Aufstehen so schwer wie schon lange nicht mehr. Die Sonne schien und es war warm, dennoch kam ihr der Tag düster und trostlos vor. Weder der muntere Gesang der Vögel noch der Gedanke, dass Wochenende war, konnten ihre Stimmung heben.

Missmutig schlurfte sie in die Küche und goss sich ein Glas Milch ein, würdigte das Frühstück, das noch für sie auf dem Tisch bereitstand, aber keines Blickes.

Wenigstens war sie allein und musste keine neugierigen Fragen beantworten. Vivien hatte bei einer Freundin übernachtet und würde erst am Abend zurückkommen und Mirko war bis Sonntag in einem Trainingslager.

»Guten Morgen, Señorita.« Teresa kam mit frischen Geschirrtüchern in der Hand aus dem Waschkeller. »Willst du denn gar nichts essen?«

»Hab keinen Hunger«, murmelte Muriel zerknirscht.

»Oh, mi chica.« Teresa legte die Handtücher auf den Tisch und schloss Muriel herzlich in die Arme. »Ist es denn so schlimm?«

»Schlimmer!« Muriel wand sich aus der Umklammerung und ging zur Tür. Weder Teresa noch sonst irgendjemand würde sie heute trösten können. Dieser Samstag war der schwärzeste Tag in ihrem Leben.

»Nadine hat vorhin angerufen!«, rief Teresa ihr hinterher. »Sie kommt in einer halben Stunde und möchte mit dir ausreiten. Ich habe gesagt, dass du es dir überlegst.«

Muriel antwortete nicht. Nadine würde wohl oder übel allein ausreiten müssen. Ein Ausritt kam für sie heute nicht infrage. Sie würde den ganzen Tag bei Ascalon bleiben und ihn für die Heimreise so richtig fein herausputzen – auch wenn es ihr das Herz brechen würde.

Als Nadine auf den Hof geradelt kam, hatte sie Ascalon schon aus dem Stall geholt und ihn an einem der Putzplätze angebunden.

»Hi«, begrüßte Nadine sie gut gelaunt. »Willst du etwa mit Ascalon ausreiten?«

»Ha, ha. Guter Witz.« Muriel sah nicht einmal auf. »Das darf ich doch nicht.«

»He, warum so schlecht drauf?« Nadine stellte ihr Rad an die Stallwand und kam näher. »Es ist Wochenende.«

»Na und?«

»Na, du hast ja heute 'ne Laune!« Nadine schüttelte den

Kopf. »Ist wohl besser, ich reite allein aus.« Mit diesen Worten verschwand sie im Stall, um Fanny aus der Box zu holen.

Kaum hatte sie die Connemarastute auf den Hof geführt, als die Haustür geöffnet wurde und Muriels Mutter auf sie zugelaufen kam. »Muriel!«, rief sie aufgeregt. »Muriel!«

»Was ist los?« Muriel hob den Kopf. Etwas in der Stimme ihrer Mutter verriet ihr, dass etwas geschehen sein musste.

»Muriel, ich muss Teresa sofort in die Klinik nach Ansberg fahren. Sie ist die Kellertreppe hinuntergefallen und hat sich am Knöchel verletzt.«

»Ist es schlimm?« Muriel war so erschrocken, dass sie für einen Augenblick sogar ihren Ärger vergaß.

»Ich weiß es nicht.« Ihre Mutter seufzte und fuhr sich mit den Fingern durchs Haar, wie sie es immer tat, wenn sie gestresst war. »Sie kann kaum auftreten. Vermutlich muss es geröntgt werden. Ich hoffe nur, dass es nichts Schlimmes ist. Hör zu, Muriel. Ich fahre jetzt mit ihr los. Du musst hier solange die Stellung halten – klar?«

»Klar!« Muriel nickte.

»Gut. Ich denke, es wird ein paar Stunden dauern. Am Samstag ist die Notaufnahme immer sehr voll, weil die Arztpraxen ja nicht geöffnet sind.« Sie seufzte noch einmal und fügte hinzu: »Dass so etwas aber auch immer an Tagen passieren muss, an denen man es am wenigsten gebrauchen kann. Nur gut, dass Vivien und Mirko nicht da sind.«

»Mach dir keine Sorgen, ich kann auf mich aufpassen.« Muriel gab sich ganz erwachsen.

»Ja, du bist meine Große!« Ihre Mutter lächelte zerstreut. »Dann werde ich Teresa mal ins Auto verfrachten und mich auf den Weg machen.«

»Sag ihr gute Besserung.«

»Mach ich.« Renata Vollmer wandte sich um und lief zum Haus zurück. »Und mach mir keinen Unsinn – ja?«, rief sie Muriel noch zu. Dann verschwand sie im Haus.

Fünf Minuten später kam sie mit der humpelnden Teresa wieder heraus. Die rundliche Spanierin hatte große Probleme, die Stufen hinunterzugehen und in den Jeep zu steigen, aber mit der Hilfe von Muriels Mutter gelang es ihr schließlich.

Ein letztes Winken, dann fuhren die beiden davon.

»Das sieht gar nicht gut aus.« Nadine war neben Muriel getreten und sah dem Wagen betroffen nach. »Hoffentlich ist es nichts Schlimmes.«

»Das hoffe ich auch.« Muriel seufzte und wandte sich wieder Ascalon zu. Irgendwie war es ein seltsames Gefühl, ganz allein auf dem Hof zu sein. Muriel überlegte. Eigentlich war das noch nie vorgekommen. Ihre Mutter war zwar oft unterwegs, aber irgendjemand war immer da gewesen: Teresa oder Andrea, die heute allerdings freihatte.

Sie war allein. Ganz allein. In den kommenden Stunden konnte sie tun und lassen, was sie wollte. Niemand würde ihr Vorschriften machen. Niemand konnte ihr etwas verbieten. Und während sie den Striegel langsam über Ascalons Fell führte, reifte in ihr ein gewagter Entschluss …

»Soll ich hierbleiben und warten, bis deine Mutter zurückkommt?«, hörte sie Nadine in ihre Gedanken hinein fragen. »Ich meine, es ist doch irgendwie blöd, wenn ich jetzt fortreite und dich hier allein zurücklasse.«

»Danke, aber das musst du nicht.« Muriel ließ den Striegel in den Putzkasten fallen und lief in den Stall. Kurze Zeit später kam sie mit Trense und Zügel in der Hand wieder heraus. »Ich bleibe nämlich nicht hier!«, verkündete sie bestimmt. »Ich komme mit.«

»Du … du willst Ascalon reiten?«, fragte Nadine überrascht. »Du hast doch gesagt …«

»Ich weiß, was ich gesagt habe«, fiel Muriel ihrer Freundin ins Wort. »Aber morgen geht Ascalon fort und ich sehe ihn nie wieder. Ich muss diese Gelegenheit unbedingt ausnutzen – verstehst du? Es muss ja nicht weit sein, nur ein Mal, ein einziges Mal, möchte ich mit Ascalon ausreiten.«

»Ich weiß nicht recht.« Nadine zog die Stirn kraus. »Und wenn nun etwas passiert?«

»Was soll schon passieren?« Muriel machte eine wegwerfende Handbewegung. »Ehe meine Mutter zurück ist, steht Ascalon wieder im Stall. Und wenn du es für dich behältst, bekommt niemand etwas von dem kleinen Ausritt mit.«

»Ich weiß von nichts.« Nadine hob die Hand wie zum Schwur.

»Na, dann ist ja alles klar.« Muriels schlechte Laune war wie weggeblasen. »Worauf warten wir dann noch?«, sagte sie voller Tatendrang und machte sich daran, Ascalon die Trense überzustreifen.

Der Ausritt wurde für Muriel zu einem der schönsten, den sie je unternommen hatte. Ascalon trabte nicht, er schwebte geradezu über die Wiesen und Waldwege. Die blonde Mähne bauschte sich im Zweitakt der Hufe und das braune Fell schimmerte seidig im Sonnenlicht. Seine Gangart war schwungvoll und bodengewinnend, ganz so, wie man es von einem erfahrenen Dressurpferd erwarten konnte, sein Verhalten geradezu vorbildlich.

Muriel musste die Zügel kaum einsetzen, um ihn zu führen. Meist genügte ein leichter Schenkeldruck, um den Richtungswechsel anzuzeigen, und oft war nicht einmal das nötig, weil Ascalon den Befehl zu erraten schien, noch ehe Muriel ihn überhaupt zu etwas aufforderte.

Nadine kam aus dem Staunen nicht heraus. Nachdem sie so viel über den widerspenstigen Patienten gehört hatte, konnte sie kaum glauben, dass es sich um ein und dasselbe Pferd handelte. Fast ein wenig neidisch folgte sie Muriel auf Fanny durch den Wald. »Wirklich schade, dass du ihn nicht behalten kannst«, sagte sie zu Muriel, als sie nach zwei Stunden wieder auf den Waldweg einbogen, der zum Birkenhof zurückführte.

»Das finde ich auch.« Muriel seufzte. Sie ließ Ascalon im Schritt neben Fanny hergehen, um den Ausritt noch etwas hinauszuzögern. »Aber Mam hat recht. Ich darf mein Herz nicht an ihre Patienten hängen. Außerdem«, sie tätschelte Ascalon liebevoll den Hals, »ist er viel zu teuer. So ein Luxuspferd können wir uns nicht leisten.«

»Das klingt, als hättest du es auswendig gelernt.« Nadine schaute ihre Freundin prüfend von der Seite an. »Neulich am Telefon hast du dich ganz anders angehört.«

»Ich habe noch mal mit meiner Mutter gesprochen«, beeilte sich Muriel zu erklären. Das war zwar nicht wirklich der Grund für den vermeintlichen Sinneswandel, aber das musste sie Nadine ja nicht auf die Nase binden. Das coole Gerede war nichts weiter als ein Schutzwall, den sie um sich errichtet hatte. Innerlich hatte sich nichts an ihrem Kummer geändert. Aber da der Abschied von Ascalon nun mal unausweichlich war, wollte sie sich vor den anderen nicht noch einmal eine Blöße geben, sondern groß und vernünftig erscheinen.

»Na, wie auch immer, ich finde das jedenfalls echt cool, dass du das so gelassen sehen kannst«, hörte sie Nadine sagen. »Ich würde mir bestimmt die Augen aus dem Kopf heulen vor Kummer.«

Muriel antwortete nicht.

Die Augen ausheulen vor Kummer werde ich mir heute Abend bestimmt auch noch, dachte sie bei sich. Obwohl sie äußerlich vernünftig wirkte, brodelte in ihr bereits ein wüster Gefühlssturm, der immer stärker wurde, je näher sie dem Birkenhof und damit dem Ende dieses einmaligen Ausritts kamen. Nur mit größter Mühe konnte sie den Wunsch unterdrücken, Ascalon auf der Stelle zu wenden und noch einmal mit ihm in den Wald zu reiten. Aber das ging natürlich nicht. Ihre Mutter würde bald zurückkommen und dann musste er wieder im Stall stehen, als wäre er niemals fort gewesen. Wenn herauskam, dass sie ihn ohne Erlaubnis geritten hatte, würde es großen Ärger geben, und das wollte Muriel nicht riskieren.

Ihre gute Laune sank weiter, als sie die roten Wellblechdächer der Stallungen hinter den Bäumen auftauchen sah. Ohne dass es ihr bewusst wurde, ließ sie die Zügel noch etwas mehr durchhängen und gestattete Ascalon so behäbig vor sich hin zu trotten, wie es sonst nur Titus oder die hochbetagten Pferde taten, die auf dem Birkenhof ihr Gnadenbrot bekamen.

»Muriel, wo bleibst du denn?« Nadine, die mit Fanny schon ein ganzes Stück voraus war, drehte sich zu ihr um. »Nun komm schon. Oder willst du hier übernachten?«

»Nee.« Muriel spornte Ascalon zu einem kurzen Zuckeltrab an und schloss zu ihrer Freundin auf. »Es ist nur so schade, dass der Ausritt schon vorbei ist«, sagte sie und gab damit ein wenig von dem preis, was in ihr vorging.

»Ach was, mit Nero hat es doch auch immer Spaß gemacht.« Nadine lachte. »Sei froh, dass du das edle Tier überhaupt einmal reiten konntest. Wenn Teresa nicht gestürzt wäre, hättest du nie ... Ach du mein Schreck! Sieh mal da vorn. Ist das nicht deine Mutter?« Nadine deutete voraus, wo sich am Ende des Waldwegs die Silhouette einer Frau vor dem sonnenbeschienenen Hofplatz abzeichnete. »So ein Mist, sie ist schon zurück! Was machen wir denn jetzt?«

»Meine Mutter?« Muriel zuckte erschrocken zusammen. Während sie sich im Sattel aufrichtete und vorausspähte, gingen ihr tausend Erklärungen durch den Kopf, von denen jedoch nicht eine das drohende Donnerwetter würde aufhalten können.

»Sie ist da vorn im Schatten unter den Bäumen«, erklärte Nadine.

Dann sah Muriel sie auch. Am Ende des Wegs stand tatsächlich eine Frau – aber es war nicht ihre Mutter. Alle Farbe wich aus ihrem Gesicht und ein heftiges Schwindelgefühl zwang sie, sich am Sattelknauf festzuhalten.

Wer immer dort stand, hatte ein bodenlanges Gewand an, das stark an die Kleider einer Nonne erinnerte. Eine weite Kapuze bedeckte den Kopf und verhüllte das Gesicht. Genau wie bei ... Muriel schluckte trocken ... der Frau aus ihren Visionen!

»Oh, Mann. Ich hoffe, du hast eine gute Erklärung für den unerlaubten Ausritt parat«, murmelte Nadine, die Muriels Entsetzen nicht zu bemerken schien. »Deine Mutter findet es bestimmt nicht lustig, dass du Ascalon einfach …« Sie stutzte und blickte Muriel an. »Sag mal, was ist denn mit dir los? Du bist ja ganz blass. Ich kann mir ja vorstellen, dass du Angst hast, nach Hause zu reiten, aber nun ist es ohnehin zu spät. Deine Mutter hat uns bereits gesehen.« Sie klopfte Muriel mit der flachen Hand aufmunternd auf den Rücken und sagte: »Na, komm. Sie ist bestimmt stinksauer, aber sie wird dir schon nicht den Kopf abreißen. Wir können ja sagen, dass ich dich gedrängt habe Ascalon zu nehmen, dann teilen wir uns den Ärger.«

Muriel antwortete nicht. Sie saß nur da und starrte geradeaus.

»Mensch, Muriel, jetzt komm. Augen zu und durch!« Nadine wurde allmählich ungeduldig. »Wir haben Mist gebaut und sind erwischt worden. Das ist Pech, aber es lässt sich nicht mehr ändern. Besser, wir bringen die Standpauke schnell hinter uns. Wenn wir hier weiter herumtrödeln, machen wir es nur noch schlimmer. Du siehst doch, dass deine Mutter wartet.« Als Muriel immer noch keine Anstalten machte weiterzureiten, nahm sie die Zügel fest in die Hand und sagte: »Also gut, wenn du nicht willst, ist es deine Sache. Ich reite jetzt zurück und sage deiner Mutter … He, wo ist sie denn hin?« Verwundert schaute sie den Weg entlang, der nun wieder wie leer gefegt vor ihnen lag. »Seltsam. Na, vermutlich hat sie uns kommen sehen und wartet jetzt im Stall auf uns – was meinst du?«

»Ja, vermutlich.« Muriel war immer noch nicht ganz bei der Sache. Was hier geschah, war völlig unmöglich. Diese Frau gab es nur in ihren Träumen. Sie konnte nie und nimmer hier auftauchen. Schon gar nicht am helllichten Tag.

Muriel hatte das Gefühl, als würde eine eisige Faust ihr Herz umklammern. Sie hatte zwar ein Faible für Übersinnliches, aber an Geister glaubte sie nicht – zumindest hatte sie es bisher nicht getan. Ein Irrtum war jedoch ausgeschlossen, denn Nadine hatte die Frau auch gesehen.

»Kommst du nun mit – oder nicht?« Nadines Stimme klang allmählich richtig ärgerlich.

Muriel riss sich zusammen und scheuchte das Gefühl der Beklemmung fort. Geister. So ein Blödsinn. Die Frau auf dem Weg konnte nur ihre Mutter gewesen sein.

Sie atmete tief durch und ließ Ascalon antraben. »Du hast recht, wir können es nicht ändern«, sagte sie um einen gefassten Tonfall bemüht, als sie zu Nadine aufschloss. »Also, bringen wir es hinter uns.«

Auf dem Hof angekommen, erwartete die beiden eine Überraschung. Von Muriels Mutter war weit und breit nichts zu sehen. Auch ihr Wagen stand nicht auf dem Hofplatz.

»Komisch. Ich hätte schwören können, dass es deine Mutter gewesen ist, die da auf dem Weg stand.« Nadine legte grübelnd die Stirn in Falten.

»Da hat uns das schlechte Gewissen wohl einen Streich

gespielt ...« Muriel versuchte locker zu klingen, was ihr aber nicht so recht gelang.

»Dann war es wohl eine Spaziergängerin.« Nadine schwang sich aus dem Sattel und führte Fanny zum Putzplatz. Sie wirkte erleichtert, dass es nun doch keinen Ärger gab, und schien sich mit dieser Erklärung zufriedenzugeben.

Muriel nicht. Wenn es eine Spaziergängerin gewesen ist, überlegte sie, hätten wir ihr noch begegnen oder sie zumindest noch einmal aus der Ferne sehen müssen. Im Wald gibt es ja nur den einen Weg. Aber weit und breit war niemand zu sehen gewesen. Die Frau war wie vom Erdboden verschluckt. Muriel spürte, wie die Furcht erneut in ihr aufstieg. Wenn es nicht ihre Mutter gewesen war und auch keine Spaziergängerin, wer dann ...?

»An deiner Stelle würde ich zusehen, dass Ascalon in die Box kommt«, hörte sie Nadine in diesem Augenblick rufen. »Es ist schon spät. Deine Mutter kann jeden Augenblick zurückkommen.«

»Ich beeil mich.« Muriel war froh, nicht weiter über die sonderbare Erscheinung nachdenken zu müssen. Nadine hatte wie immer recht. Eilig saß sie ab und führte Ascalon in den Stall, um ihn dort zu putzen.

Das Timing war perfekt. Als ihre Mutter eine knappe Stunde später mit Teresa vom Arzt zurückkam, waren alle Spuren des verbotenen Ausritts beseitigt und Nadine schon auf dem Heimweg.

»Wie geht es dir?« Muriel lief zum Wagen und öffnete die Tür, damit Teresa aussteigen konnte.

»Ich hatte Glück. Der Knöchel ist verstaucht, mehr nicht.« Umständlich schälte sich die rundliche Spanierin aus dem Autositz. Ihr Fußknöchel war mit einem dicken Verband umwickelt. »Der Arzt sagt, ich soll mich ein paar Tage schonen.«

»Und ich werde aufpassen, dass du das auch tust.« Muriels Mutter kam um den Wagen herum, half Teresa beim Aussteigen und reichte ihr zwei Krücken. »Für die nächsten Tage bist du erst mal krankgeschrieben.«

Am Abend lag Muriel noch lange wach. Die Arme hinter dem Kopf verschränkt starrte sie an die Zimmerdecke, während sie den Tag in Gedanken noch einmal an sich vorüberziehen ließ.

Der Abschied von Ascalon war ihr an diesem letzten Abend unsagbar schwergefallen. Vermutlich hätte sie noch Stunden bei ihm im Stall verbracht, wäre da nicht das unheimliche Erlebnis im Wald gewesen und die kindische, aber hartnäckige Furcht, dass die Frau aus ihren Träumen jederzeit wieder auftauchen könne.

Als ihre Mutter sie schließlich zum Essen gerufen hatte, war sie trotz des Kummers fast ein wenig froh gewesen, den Patientenstall mit den vielen lichtlosen Ecken und Winkeln verlassen zu können.

Anders als in den vergangenen Tagen war sie nach dem

Abendbrot nicht noch einmal in den Stall gegangen, sondern gleich in ihrem Zimmer verschwunden, weil sie sich davor fürchtete, über den dunklen Hofplatz zu gehen. Oben angekommen hatte sie sofort das Licht angemacht und die Vorhänge zugezogen. Selbst jetzt, da sie eigentlich schlafen wollte, wagte sie es nicht, das Licht auszuschalten.

Nun lag sie auf ihrem Bett, starrte an die Zimmerdecke und dachte an Ascalon, den sie von morgen an nie mehr wiedersehen würde.

Muriel seufzte tief. Nie mehr würde sie die weiche Mähne spüren, nie mehr das seidige Fell striegeln, nie mehr so frei wie heute mit ihm durch den Wald reiten, nie mehr ...

Sie spürte das verräterische Kribbeln in der Nase, mit dem sich die Tränen ankündigten, und wehrte sich nicht dagegen. Sie weinte und schluchzte in ihr Kissen, bis sie keine Tränen mehr hatte – Und irgendwann schlief sie darüber ein.

Das Geräusch eines Wagens, der mit knirschenden Rädern über den Hofplatz fuhr, schreckte Muriel am nächsten Morgen aus unruhigem Schlummer auf.

Sie sind schon da! Siedend heiß schoss ihr der Gedanke durch die Glieder und vertrieb auch die letzte Müdigkeit. Ein rascher Blick zur Uhr bestätigte ihr, was sie schon befürchtet hatte. Halb elf. Sie hatte verschlafen.

Unten auf dem Hof klappten Autotüren. Ein Mal, zwei

Mal. Dann waren Stimmen zu hören. Muriel schlug die Bettdecke zurück, hastete ans Fenster und zog die Vorhänge zurück.

Tatsächlich. Auf dem Hof standen der schwarze Jeep und der Pferdeanhänger von Madame de Chevalier.

»Mist!« In Windeseile wand sie sich aus dem kurzen Nachthemd, schlüpfte in Jeans und T-Shirt und streifte sich eine Strickjacke über. Warum um alles in der Welt hatte ihre Mutter sie nicht geweckt? Sie wusste doch ganz genau, dass sie dabei sein wollte, wenn Ascalon abgeholt wurde.

Bestimmt fürchtet sie, ich würde ein großes Theater machen, überlegte Muriel. Oder sie glaubt, dass es besser für mich ist, wenn Ascalon klammheimlich den Hof verlässt.

Das sah ihrer Mutter durchaus ähnlich. Ihre pädagogischen Anwandlungen waren manchmal sehr seltsam und oft auch unnötig – so wie jetzt.

Muriel hatte sich fertig angezogen. Während sie ihre Haare hastig mit der Bürste zu entwirren versuchte, eilte sie noch einmal zum Fenster, um zu sehen, ob es nicht schon zu spät war.

Ihre Sorge war unbegründet. Ihre Mutter stand noch immer neben dem Wagen und unterhielt sich mit Madame de Chevalier. Beide lachten. Hin und wieder deutete ihre Mutter zum Patientenstall hinüber und unterstrich ihre Worte mit knappen Gesten.

Muriel warf die Haarbürste auf das Bett, lief die Treppe

hinunter zur Garderobe und schlüpfte in ihre Jodhpurstiefel.

»Mama will nicht, dass du dabei bist, wenn sie Ascalon abholen«, hörte sie Vivien hinter sich sagen, als sie nach ihrer Reitweste griff. »Genau wie Titus, den hat sie in der Küche eingesperrt.«

»Das habe ich mir schon gedacht. Sonst hätte sie mich ja geweckt.« Muriel streifte sich die Weste über und langte nach dem Türgriff. »Ich lasse mich aber nicht einsperren.«

»Ich soll dir sagen, dass du im Haus bleiben sollst«, sagte Vivien von oben herab.

»Das hast du dann ja gerade getan.« Muriel war nicht bereit auch nur eine Sekunde auf das zu hören, was Vivien sagte. »Danke und ciao.« Sie griff nach der Klinke und öffnete die Tür.

»Aber Mama hat gesagt, dass du ...« Vivien brach mitten im Satz ab, weil draußen hektisches Rufen, Hufeklappern und ein schrilles Wiehern zu hören waren.

»He, was ist denn da los?«, rief sie aus und sauste zum Küchenfenster, um nachzusehen.

Muriel zögerte nicht länger. Eilig trat sie auf den Hof hinaus und blieb wie angewurzelt stehen.

Ihre Mutter hatte Ascalon gerade aus dem Stall geführt, doch dieser benahm sich ganz und gar nicht, wie es sich für ein erfolgreich therapiertes Pferd gehörte. Er wieherte schrill, stieg und schlug immer wieder mit den Vorderhufen aus. Ihre Mutter hatte alle Mühe, den Führstrick festzuhalten, denn Ascalon tänzelte nervös hin und her und wechselte immer wieder die Stellung, ehe er erneut stieg.

Madame de Chevalier stand das Entsetzen ins Gesicht geschrieben. Die Hände vor den Mund geschlagen beobachtete sie, wie sich Muriels Mutter mit dem tobenden Pferd abmühte.

Muriel traute ihren Augen nicht. War das wirklich Ascalon? War das der sanfte, gutmütige Wallach, mit dem sie gestern noch ausgeritten war? Er gebärdete sich wie wild. Wie von Sinnen zerrte und zog er am Führstrick und versuchte unbändig, sich zu befreien.

Muriel überlegte fieberhaft: Was konnte, was durfte sie tun? Sie war fest davon überzeugt, Ascalon beruhigen zu können. Aber wie für ihre Geschwister galt auch für sie noch immer die strikte Anweisung ihrer Mutter, sich Pferden, die in Panik sind, keinen Schritt zu nähern.

Sie hatte den Gedanken noch nicht zu Ende geführt, da riss Ascalon sich los und preschte auf den Jeep zu. Madame de Chevalier stieß einen spitzen Schrei aus und rettete sich mit einem filmreifen Sprung ins Wageninnere. Keinen Augenblick zu früh. Kaum hatte Ascalon den Wagen erreicht, drehte er sich um und trat mit den Hinterbeinen kräftig gegen den Kotflügel.

Muriel sah Madame de Chevalier im Innenraum hektisch herumfuchteln. Der Motor heulte auf, als der Chauffeur den Jeep mit durchdrehenden Reifen anfahren ließ, ihn wendete und in einer Staubwolke davonbrauste.

Zwischen Hoffen und Bangen

»Mam!« Muriel rannte über den Hof auf ihre Mutter zu, die dem Jeep bestürzt nachschaute. »Mam, was ist passiert?«

»Das wüsste ich auch gern.«

So aufgelöst hatte Muriel ihre Mutter noch nie erlebt.

»Wenn du mich fragst, will Ascalon nicht wieder nach Hause«, sagte Muriel mit einem Blick auf den Wallach, der dem Jeep bis zur Hofausfahrt gefolgt war und nun so seelenruhig am Wegesrand graste, als sei nichts geschehen.

»Ich frage dich aber nicht.« Renata Vollmer blickte ihre Tochter zerstreut an. »Traust du es dir zu, Ascalon zurückzuholen?«, fragte sie um Atem ringend. »Ich fürchte, ich habe mein mühsam erworbenes Vertrauen bei ihm gerade wieder verspielt.«

»Kein Problem.« Muriel wollte sofort loslaufen, aber ihre Mutter hielt sie zurück.

»Sei ganz vorsichtig!«, mahnte sie besorgt. »Ich weiß, er mag dich. Aber er ist jetzt sicher noch sehr aufgebracht.«

»Ich pass schon auf«, erwiderte Muriel leichthin und fügte hinzu: »Versprochen.« Dann ging sie los. Hinter sich hörte sie das Handy ihrer Mutter klingeln, die den Anruf entgegennahm. »Oh, Madame de Chevalier ... Ja, das ... das tut mir auch leid ... Wie? ... Also, hören Sie ... Nein ... Nein, ich habe Ihnen sehr wohl gesagt, dass er noch labil ist ... Wie, ich? ... Nun lassen Sie aber mal die Kirche im Dorf. Sie wollten ihn doch gegen meinen ausdrücklichen Rat unbedingt zurückholen ... Oh, bitte. Das können Sie gern tun ... Ja, sprechen Sie ruhig mit Ihrem Anwalt ... Ich kann Ihnen versichern, dass ...«

Mehr verstand Muriel nicht. Musste sie auch nicht. Es war nicht zu überhören, dass Madame de Chevalier sehr wütend war. Anscheinend wollte sie ihrer Mutter die Schuld für den demolierten Jeep geben und drohte sogar mit einem Anwalt.

Langsam ging Muriel auf Ascalon zu. Sie spürte, dass er sie kommen sah, obwohl er ungerührt weiterfraß.

»Na, du Rowdy«, begrüßte sie ihn neckend. »Musstest du denn unbedingt das Auto zertrümmern? Jetzt bekommt Mam deinetwegen großen Ärger. Ich glaube nicht, dass du sie dir so zur Freundin machst.« Sie bückte sich und griff nach dem Führstrick, der vor ihr am Boden lag. Ascalon beobachtete jede ihrer Bewegungen aus den Augenwinkeln, rührte sich aber nicht.

»Sie *muss* dich aber mögen, wenn du hierbleiben willst«, fuhr Muriel etwas leiser fort. »Hörst du? Sie ist hier der Chef. Wenn du dich schlecht benimmst, kann ich noch so bitten und betteln, dann schickt sie dich fort. Auch wenn die Chevalier dich nicht wiederhaben will.«

Ascalon schnaubte und schüttelte die Mähne.

Muriel nahm den Führstrick fest in die Hand. »Nach dem Aufstand eben fürchte ich fast, dass sie dich fortschicken wird. Die Frage ist nur, was dann mit dir passiert. Benimm dich jetzt also bitte wie ein braves Pferd und komm mit mir zum Stall.« Sie zog sanft am Halfter und wirklich: Ascalon folgte ihr wie ein zahmes Pony. Von Widerwillen oder gar Bosheit war nichts mehr zu spüren. Sie erreichte ihre Mutter, als diese das Telefonat gerade beendet hatte.

»Das war Madame de Chevalier«, meinte sie und verzog das Gesicht. »Sie ist außer sich vor Wut und meint doch tatsächlich, ich sei schuld an dem angerichteten Schaden, weil ich behauptet hätte, das Pferd sei gesund.«

»Aber das hast du doch gar nicht«, sagte Muriel.

»Eben! Aber davon will sie nichts mehr wissen. Sie ist furchtbar wütend und will den Schaden am Auto von mir ersetzt haben. Außerdem verlangt sie, dass Ascalon sofort eingeschläfert wird, weil er gemeingefährlich sei.«

»Aber ...« Muriel erbleichte.

»Keine Sorge.« Ihre Mutter lächelte. »Sie wird mit beidem nicht durchkommen.« Sie kramte in ihrer Tasche und holte einen Zettel hervor. »Ich habe schon so etwas befürchtet – nicht hier auf dem Hof und auch nicht so schnell –, aber doch später, wenn Ascalon wieder im Elsass ist. Deshalb habe ich Madame de Chevalier das hier unterschreiben lassen. Da steht, dass sie Ascalon auf eigenen Wunsch abholt, obwohl der Erfolg der Therapie noch nicht sicher ist. Und, dass ich keine Gewähr dafür übernehme, dass er nicht rückfällig wird.«

»Cool.« Muriel grinste, wurde dann aber gleich wieder ernst. »Und was ist mit dem Einschläfern?«, fragte sie vorsichtig.

»Da ist das letzte Wort noch nicht gesprochen.« Ihre Mutter deutete auf Ascalon, der lammfromm neben Muriel stand. »Aber warum sollte man so ein artiges Pferd einschläfern?« Sie seufzte. »Wir müssen Geduld haben. Ascalon gehört immer noch Madame de Chevalier. Sie entscheidet.«

»Du lässt das aber nicht zu, oder?« Muriel sah ihre Mutter flehend an. »Er ist doch ganz lieb.«

»Ich werde tun, was ich kann«, versprach ihre Mutter. »Solange kann er natürlich hierbleiben. Aber mach dir nicht zu große Hoffnungen, dass ...«

»... wir ihn behalten können?«, fiel Muriel ihrer Mutter ins Wort. »Also ich meine, wenn die Chevalier ihn nicht mehr haben will und auch sonst keiner, dann kann er vielleicht doch ...«

»Nicht so voreilig, Muriel!«, unterbrach Renata Vollmer den Redefluss ihrer Tochter. »Für all das ist es noch viel zu früh. Wie du unschwer gehört hast, habe ich gerade jede Menge Ärger am Hals. Madame de Chevalier kann sich ziemlich teure Anwälte leisten, wenn sie es darauf anlegt. Ich muss erst mal Ordnung in die Sache bekommen, dann sehen wir weiter – ja? Bis dahin bleibt Ascalon in der Patientenbox oder geht mit den anderen auf die Koppel – klar?«

»Klar!« Muriel nickte.

»Und noch etwas, nur um Diskussionen vorzubeugen: Das Verbot, ihn zu reiten, gilt auch weiterhin«, sagte ihre Mutter bestimmt. »Gar nicht auszudenken, was passiert, wenn er wieder so einen Anfall bekommt.«

Er bekommt aber keinen Anfall, wenn ich mit ihm ausreite, wollte Muriel einwenden, verkniff es sich jedoch. Ascalon durfte bleiben und ihre Mutter hatte versprochen sich für ihn einzusetzen. Das war viel mehr, als sie erwartet hatte. Dafür verzichtete sie gern auf einen Ausritt.

»Ist klar. Ich reite ihn nicht«, sagte sie verständig und fügte mit strahlendem Lächeln hinzu: »Danke, Mam. Du bist wirklich die allerbeste Mutter auf der Welt.« Und als hätte Ascalon jedes Wort verstanden, stupste er Muriels Mutter so sanft mit den Nüstern an, als wolle er sich bei ihr für sein Verhalten entschuldigen.

Die folgenden zwei Wochen wurden für Muriel zur Strapaze. Einerseits kümmerte sie sich jeden Tag um Ascalon und wurde mit ihm immer vertrauter, andererseits hatte sie jeden Tag, wenn sie aus der Schule heimkam, höllische Angst, dass dort schlechte Nachrichten auf sie warten könnten. Obwohl sie ihre Mutter immer wieder mit Fragen zu Ascalons Zukunft löcherte, hielt diese sich sehr bedeckt und speiste sie mit eher unwichtigen Neuigkeiten ab. So erfuhr sie, dass Madame de Chevalier einsichtig war und der Streit um den Schaden am Jeep gütlich beigelegt werden konnte. Was aus Ascalon werden sollte, blieb im Unklaren.

Die Zeit verstrich und Muriels Laune wurde immer schlechter. Nach zehn Tagen sank sie auf einen absoluten Tiefpunkt. Wenn sie bei Ascalon sein konnte, ging es ihr besser, aber auch dieses Glücksgefühl wurde mehr und mehr von düsteren Schatten getrübt.

An einem frühlingshaften Dienstagnachmittag hielt sie die Ungewissheit nicht mehr aus und sprach ihre Mutter direkt auf Ascalon an.

Renata Vollmer saß mit ihrem Laptop in dem geräumigen Wintergarten, den sie erst im vergangenen Herbst an das alte Gebäude hatte anbauen lassen. Die gläserne Schiebetür zum Garten war leicht geöffnet und ließ neben dem Gesang der Vögel auch würzige Frühlingsdüfte in den lichtdurchfluteten Raum.

»Ich muss mit dir reden.« Mit ernster Miene setzte sich Muriel auf einen der Rattanstühle, die am Tisch des Wintergartens standen, verschränkte die Arme auf der gläsernen Tischplatte und schaute ihre Mutter an.

»Nanu, so ernst?« Ihre Mutter blickte sie über den dünnen Rand der Brille hinweg an, die sie bei der Arbeit am Bildschirm immer trug, tippte noch ein paar Mal auf die Tastatur und klappte das Laptop zu.

»Also, was gibt es?«, fragte sie.

»Das weißt du doch.« Muriel schnitt eine Grimasse und verdrehte die Augen.

»Geht es um Ascalon?«, fragte ihre Mutter.

»Erraten.« Muriel nickte. »Es ist nun schon so lange her, dass Madame de Chevalier ihn hiergelassen hat«, sagte sie, »und ich weiß immer noch nicht, was aus ihm wird.«

»Ach, Muriel, das hast du mich doch schon so oft gefragt.« Renata Vollmer seufzte.

»Und du hast immer gesagt, du weißt es noch nicht«, ergänzte Muriel und fügte hinzu: »Es macht mich ganz verrückt, nicht zu wissen, wie es weitergeht. Ich kann nicht mehr richtig schlafen und denke auch in der Schule nur noch an Ascalon. Jeden Tag, wenn ich nach Hause komme, habe ich Angst, dass er nicht mehr da sein könnte. Und ich zucke schon zusammen, wenn das Telefon klingelt, weil ich fürchte, die Chevalier ruft an und sagt, dass sie ihn zurückhaben will.« Sie sah ihre Mutter flehend an. »Ich warte nun schon so lange. Wenn nicht bald eine Entscheidung getroffen wird, musst du mich womöglich auch noch therapieren.«

»So schlimm?« Renata Vollmer zog erstaunt eine Augenbraue in die Höhe.

»Schlimmer.«

»Oh.« Ihre Mutter nahm die Brille ab und schaute Muriel durchdringend an. »Ich hatte bisher immer das Gefühl, dass du sehr glücklich mit unserem Gast bist. Du kümmerst dich wirklich ganz hervorragend um ihn.«

»Das bin ich auch«, räumte Muriel ein. »Aber ich wäre noch viel glücklicher, wenn ich wüsste, dass ... « Ihr Blick huschte nervös vom Laptop zum Fenster und wieder zurück. Sie zögerte. Sie war gekommen, um endlich Klarheit zu haben, doch jetzt, da sie die entscheidende Frage stellen konnte, hatte sie plötzlich Angst zu sprechen. Den Blick starr auf das Laptop gerichtet, gab sie sich schließlich einen Ruck: »... wenn ich wüsste, dass er für immer hierbleiben kann.« Mit dem letzten Wort hob sie den Blick, schaute ihre Mutter an und fragte mit dünner Stimme: »Kann er?«

Ihre Mutter antwortete nicht sofort. Der Rattanstuhl knarrte, als sie sich langsam zurücklehnte und tief durchatmete. Dabei drehte sie ihre Brille gedankenverloren in den Händen. »Du bist doch schon ein großes und vernünftiges Mädchen ... «, hob sie gedehnt an.

Muriel stockte der Atem. So redete ihre Mutter immer, wenn sie ihr den Grund für ein Verbot erklärte.

Nein!, dachte sie bei sich und ballte die Fäuste. Sie sagt bestimmt Nein. Die voreilige Schlussfolgerung verursachte in ihrem Innern einen solchen Aufruhr, dass sie die nachfolgenden Worte ihrer Mutter kaum mitbekam. Sie war überzeugt, die Antwort zu kennen, und tief enttäuscht, aber sie riss sich zusammen und schließlich gelang es ihr sogar, wieder zuzuhören.

»... ich so etwas mit dir viel vernünftiger besprechen als mit Vivien«, hörte sie ihre Mutter sagen. »Die Sache ist die: Madame de Chevalier will Ascalon zwar nicht zurück, aber sie will Ascalon verkaufen.«

»Verkaufen?« Muriel riss überrascht die Augen auf und öffnete den Mund, um etwas zu sagen, doch ihre Mutter war schneller und bedeutete ihr zu schweigen. »Ich weiß, was du jetzt denkst«, sagte sie. »Aber daraus wird nichts. Madame de Chevalier verlangt eine unverschämt hohe Summe für das Pferd. Ich will ganz ehrlich zu dir sein. So gern du Ascalon auch hast, ich kann, will und werde das nicht zahlen. Für das Geld könnte ich uns hier einen schönen neuen Stall bauen – verstehst du?«

Muriel wollte es nicht verstehen, nickte aber trotzdem.

»Gut. Ich habe mich also mit Madame de Chevalier beraten und Folgendes ausgehandelt: Ascalon bleibt vorerst bei uns. Sie wird für Unterkunft und Verpflegung aufkommen. Im Gegenzug gestatte ich einem Makler ihrer Wahl, das Pferd mit interessierten Kunden zu besichtigen und es ihnen vorzuführen.«

»Du ... du willst ihr helfen Ascalon zu verkaufen?« Fassungslos starrte Muriel ihre Mutter an. »Das ... das ist ...«

»... auf jeden Fall nicht unser Pferd!« Die Stimme ihrer

Mutter nahm einen strengen Tonfall an. »Sei vernünftig, Muriel«, bat sie. »Ascalon ist und bleibt für uns unerschwinglich.« Kaum hatte sie das gesagt, wurde ihre Stimme plötzlich weich und mitfühlend. »Im Vertrauen: Ich denke, es wird sehr lange dauern, einen Kunden für ein so teures und bissiges Pferd zu finden, doch das ist nicht unser Problem. Also freu dich über jeden gemeinsamen Tag, vergiss aber nicht, dass er nicht auf Dauer hier sein kann.«

Ein ungebetener Gast

Am nächsten Tag hielt der Frühling endgültig Einzug in die Wiesen und Wälder rings um den Birkenhof.

Nahezu über Nacht kletterte das Thermometer auf warme achtzehn Grad und die Sonne schien von einem wolkenlosen Himmel. Die Knospen der Büsche und Bäume entfalteten sich wie von Zauberhand und der Wald schmückte sich allerorten mit jungem Grün. Die Vögel sangen so laut wie noch nie und die Nächte waren so mild, dass die Pferde und Ponys des Birkenhofs sie auf der Weide verbringen konnten.

Da Ascalon sich immer noch tadellos benahm, erhielt Muriel endlich von ihrer Mutter die ersehnte Erlaubnis, mit ihm auszureiten. Beim ersten Ausritt wurde sie noch von ihrer Mutter begleitet, am Donnerstag nach der Schule ritt sie dann mit Nadine aus und am Freitag durfte sie sogar alleine losziehen, weil Ascalon so brav war. Muriel war überglücklich. Sie hatte sich die Worte ihrer Mutter zu Herzen genommen und war fest entschlossen sich die kostbare Zeit mit dem wunderbaren Wallach nicht durch trübe Gedanken verderben zu lassen. Stattdessen klammerte sie sich an die Hoffnung, dass ihre Mutter recht behielt und sich kein Käufer für Ascalon fand.

Diese Hoffnung bekam jedoch einen kräftigen Dämpfer, als am frühen Freitagabend eine silberne Limousine auf dem Hof vorfuhr.

Titus, der in der geöffneten Haustür vor sich hin döste, ließ sein sonores Bellen vernehmen, sprang auf und lief dem Besucher mit seinem typisch schwerfälligen Wiegeschritt entgegen. Die behäbige Gangart wirkte kein bisschen bedrohlich, dennoch schien allein die ungeheure Masse des großen Sennhundes zu genügen, um den Mann am Steuer vom Aussteigen abzuhalten. Argwöhnisch blieb er im Wagen sitzen und schaute sich Hilfe suchend um. Als er Muriel entdeckte, die gerade aus dem Stall kam, ließ er das Fenster herunter und rief: »Hallo, du! Kannst du mir mal helfen?«

»Klar!« Muriel blieb stehen. »Was gibt's?«

»Der Hund …« Der Mann deutete auf den Boden, wo Titus neben der Fahrertür Platz genommen hatte und hechelnd darauf wartete, dass er ausstieg.

»Oh, Titus!« Lachend eilte Muriel auf die Limousine zu, packte Titus am Halsband und zog ihn vom Wagen fort. »Entschuldigen Sie, er ist nur neugierig«, sagte sie, während der Mann ausstieg und seinen Anzug sorgfältig glatt strich. Er war gepflegt, groß und schlank, trug eine randlose Brille und konnte nicht viel älter sein als ihr Vater. Trotzdem hatte er schon eine deutliche Stirnglatze.

»Titus tut keiner Fliege etwas zuleide«, beeilte sie sich zu erklären.

»Ja, ja. Das habe ich schon hundertmal gehört«, erwiderte der Mann leicht angesäuert. »Und dann beißen sie doch. Hunden traue ich nicht über den Weg.« Er bückte sich, nahm seine lederne Aktentasche aus dem Wagen und fragte: »Wo finde ich Frau Dr. Renata Vollmer?«

»Meine Mutter ist im Haus«, erwiderte Muriel. »Kommen Sie, ich bringe Sie hin.« Titus am Halsband mit sich zerrend, ging Muriel auf die Haustür zu, doch auf halbem Weg kam ihre Mutter schon heraus.

»Oh, wir haben Besuch«, bemerkte sie lächelnd.

»Ja, das ist Herr ... Herr ...?« Muriel stutzte. Der Mann hatte sich ihr noch gar nicht vorgestellt.

»Feuchtwanger!«, beeilte sich der Mann zu erklären, hastete geschäftig an Muriel vorbei und reichte ihrer Mutter die Hand. »Sie sind sicher Frau Dr. Vollmer.«

»Richtig!« Muriels Mutter wirkte verwundert, blieb aber freundlich. »Ich erinnere mich nicht, dass wir einen Termin abgemacht haben«, sagte sie stirnrunzelnd. »Darf ich den Grund Ihres Besuches erfahren?«

»Aber natürlich.« Herr Feuchtwanger fingerte an seiner Aktentasche herum. »Entschuldigen Sie, aber ich dachte,

Madame de Chevalier hätte sie bereits über meinen Besuch informiert.«

»Nein, das hat sie nicht.«

Muriel spürte, wie ihre Mutter bei dem Namen Chevalier deutlich auf Distanz ging.

»Dann kommen Sie wegen Ascalon?«, erkundigte sich ihre Mutter.

»Ganz richtig, ja.« Herr Feuchtwanger suchte in den Tiefen seiner Aktentasche noch immer nach etwas. »Ah, hier ist es.« Er zog ein paar Blätter Papier hervor, reichte sie Muriels Mutter und sagte: »Das ist der Maklervertrag. Ich komme vom Maklerbüro Feuchtwanger & Klein. Madame de Chevalier hat mich mit der Veräußerung ihres Dressurpferdes Ascalon beauftragt. Soweit ich weiß, ist es bei Ihnen untergestellt.«

Ein Makler! Muriel hielt vor Schreck die Luft an. Nicht im Traum hätte sie damit gerechnet, dass alles so schnell gehen würde.

»Das stimmt«, hörte sie ihre Mutter sagen, die die Unterlagen aufmerksam studierte und dann an den Mann zurückreichte. »Scheint alles korrekt zu sein«, befand sie und fragte: »Also, was kann ich für Sie tun?«

»Ich würde ihn gern sehen.« Der Makler machte einen großen Schritt zur Seite, um den Abstand zu Titus wiederherzustellen, der ihm hechelnd immer näher kam.

»Kein Problem.« Muriel sah, wie ihre Mutter lächelte. Er ist auf der Weide. »Kommen Sie mit.«

Muriel wollte auch mitgehen, aber ihre Mutter hielt sie zurück. »Bringst du bitte Titus in die Küche?«, fragte sie in einem ungewohnt strengen Tonfall, der keine Widerrede duldete. »Ich glaube, Herr Feuchtwanger fühlt sich nicht wohl in seiner Nähe. Und dann hast du sicher auch noch Hausaufgaben zu machen.«

»Aber Mam! Es ist Freitag, da habe ich ... «, protestierte Muriel.

»Wusste ich es doch«, ihre Mutter zwinkerte ihr verschwörerisch zu. »Dann weißt du ja, was du zu tun hast.« Damit drehte sie sich um und entschwand mit dem Makler in Richtung der Koppel.

Muriel starrte den beiden verwirrt nach. Was war nur in ihre Mutter gefahren? So kannte sie sie ja gar nicht. Einen Augenblick lang war sie versucht, sich einfach über die Bitte ihrer Mutter hinwegzusetzen und zur Koppel zu gehen. Sie war furchtbar neugierig, was der Makler sagen würde, und hätte das Gespräch der beiden zu gern belauscht. Aber da war etwas in dem Blick ihrer Mutter gewesen, das sie davon abhielt.

»Na, dann komm mal mit«, sagte sie resignierend zu Titus. »Du hast gehört, was Mam gesagt hat. Herr Feuchtwanger bekommt beim Anblick von Hunden Schweißausbrüche. Also ab in die Küche mit dir.«

Muriel blieb ebenfalls in der Küche. Vom Küchenfenster aus hatte sie einen hervorragenden Blick über den Hof.

Sie wollte es auf keinen Fall verpassen, wenn ihre Mutter zurückkam.

»Was machst du da?«

Sie war noch keine fünf Minuten in der Küche, als Vivien hinter ihr auftauchte.

»Ich sehe aus dem Fenster!«

»Das weiß ich auch.« Vivien zog sich einen Stuhl heran, kletterte auf die Arbeitsplatte und setzte sich neben Muriel.

»Wem gehört das Auto?«, wollte sie wissen.

»Einem Makler.«

»Was ist ein Makler?«, fragte Vivien weiter.

»Ein Verkäufer.«

»Was verkauft er denn?« Vivien gab keine Ruhe.

»Alles, auch nervige kleine Schwestern.«

»Du bist doof.« Vivien streckte Muriel die Zunge raus. »Jetzt sag schon.«

»Er ist wegen Ascalon hier.« Muriel ließ den Hof nicht aus den Augen. Ihre Mutter und der Makler mussten längst an der Koppel sein, die unmittelbar an die rückwärtige Wand des Stallgebäudes grenzte.

»Oh.«

Zu Muriels großer Überraschung fragte Vivien nicht weiter, sondern starrte wie sie nur stumm aus dem Fenster.

Ihre Geduld zahlte sich aus.

Keine fünf Minuten später kamen der Makler und ihre

Mutter zurück. Herr Feuchtwanger sah ärgerlich aus und schien es sehr eilig zu haben. Muriels Mutter sprach ihn an, aber er reagierte gar nicht.

»He, der Anzug von dem Mann ist ja ganz kaputt!«, rief Vivien.

Jetzt erkannte auch Muriel, warum der Makler so wütend war. Ein Ärmel des Jacketts war zerrissen, das weiße Hemd darunter völlig verdreckt.

»Meinst du, das war Ascalon?«, fragte Vivien.

»Schon möglich.« Muriel grinste. »Ich fand den Typen auch ziemlich unsympathisch.«

Die Mädchen beobachteten, wie der Makler zu seinem Auto eilte, einstieg und ohne ein Wort des Abschieds davonfuhr.

Zwei Minuten später, kam Muriels Mutter mit ernstem Gesicht in die Küche. Ihr Blick wanderte von Muriel zu Vivien und dann wieder zurück.

»Und?«, fragte Muriel vorsichtig.

Ihre Mutter antwortete nicht sofort.

»Ich glaube, er hält Ascalon für unverkäuflich!« Ihre Mutter zwinkerte ihr zu – und dann fingen alle drei an zu lachen.

Als Muriel später im Bett lag, kam ihre Mutter noch einmal herein und setzte sich zu ihr auf die Bettkante.

»Du weißt, dass wir heute Glück hatten«, sagte sie leise. »Ich habe es dir noch nicht gesagt, aber du sollst wissen, dass auch ich sehr deutlich spüre, dass Ascalon bei uns – vor allem bei dir – bleiben will. Ich kann es mir nicht erklären, aber er scheint tatsächlich alles daranzusetzen, dass er hier nicht wieder fortmuss.«

»Das glaube ich nicht nur, ich weiß es.« Muriel nickte.

»Nun, trotzdem, und auch das musst du wissen, werde ich nie, niemals eine so horrende Summe für ein Pferd bezahlen«, beteuerte ihre Mutter noch einmal.

»Hm.« Muriel hätte gern etwas erwidert, aber sie spürte, dass ihre Mutter noch nicht fertig war, und verkniff sich die Widerrede.

»Was ich dir jetzt sage, bleibt unter uns – versprochen?«, hörte sie ihre Mutter sagen.

»Versprochen.« Muriel platzte fast vor Neugier. Das klang fast, als plane ihre Mutter eine Geheimverschwörung.

»Gut. Unsere einzige Chance ist, dass sich kein Käufer für Ascalon findet. Das heute war schon mal ein guter Anfang. Kein Makler – keine Käufer. Aber es werden neue Makler kommen. Madame de Chevalier hat für Ascalon eine fünfstellige Verkaufssumme festgesetzt. Bis diese sich dem bescheidenen Etat genähert hat, den ich für ihn zahlen könnte, ist es noch ein weiter Weg. Mach dir also nicht zu viele Hoffnungen.«

»Schon klar.«

»Gut. Ich wollte dir nur versichern, dass ich auf deiner Seite bin«, sagte ihre Mutter. »Und wenn ich dich bitte, nicht mit zur Koppel oder in den Stall zu kommen, wenn hier ein Makler auftaucht, dann hat das allein den Grund, dass Ascalon in deiner Nähe immer viel zu zahm ist«, sagte sie schmunzelnd, »und das können wir beide nun wirklich nicht gebrauchen – oder?«

»Nein, das können wir nicht.« Einem plötzlichen Impuls folgend, richtete Muriel sich auf, schloss ihre Mutter in die Arme und flüsterte: »Danke, Mam.«

Wundersamer Ritt durch die Nacht

Als Muriel erwachte, war es tiefe Nacht. Silbernes Mondlicht fiel durch den Spalt zwischen den geschlossenen Vorhängen und ließ die Möbelstücke in ihrem Zimmer wie Schattenrisse erscheinen. Verwundert setzte sie sich auf und schaute auf die Leuchtziffern ihres Radioweckers.

1.30 Uhr.

Merkwürdig. So tief in der Nacht erwachte sie sonst nie. Für gewöhnlich schlief sie wie ein Murmeltier. So fest, dass sie sogar den Wecker am Morgen oft nicht hörte und Teresa große Mühe hatte, sie aus den Federn zu scheuchen.

Aber diesmal war es anders. Etwas hatte sie geweckt. Jetzt war sie hellwach. An Schlaf war nicht mehr zu denken. Ein Albtraum schied als Ursache aus. Muriel konnte sich nicht daran erinnern, etwas Furchtbares geträumt zu haben. Außerdem schlug ihr Herz auch nicht so heftig, wie es nach Albträumen meistens der Fall war.

Die seltsamen Visionen konnten es auch nicht gewesen sein, denn an die erinnerte sie sich hinterher immer besonders gut.

Aber was dann?

Sie lag ganz ruhig und lauschte. Als sie in den einsam gelegenen Birkenhof gezogen waren, hatte sie in der ersten Zeit oft Angst vor Einbrechern gehabt und hinter jedem Geräusch eine Bedrohung vermutet. Doch diese Zeit war längst vorbei.

Ein kurzes Lächeln huschte über Muriels Gesicht. Die nächtlichen Geräusche im Haus und auf dem Hof waren ihr inzwischen vertraut. Und außerdem war Titus ja auch noch da.

Wieder lauschte sie in die Nacht hinaus.

Im Haus war es still. Auch auf dem Hof schien alles ruhig.

Trotzdem fand Muriel keine Ruhe. Das unbestimmte Gefühl, dass jemand nach ihr gerufen hatte, wurde von Minute zu Minute stärker und drängte sie aufzustehen. Zögernd schlug sie die Bettdecke zurück, trat ans Fenster und spähte auf den Hofplatz hinaus. Der Mond hatte sich hinter einer Wolke verkrochen, aber der Lichtschein der altersschwachen Lampe an der Wand der kleinen Reithalle verbreitete genügend Licht, um dennoch etwas erkennen zu können.

Nichts regte sich auf dem Hofplatz, der das Wohnhaus mit dem Pferdestall und der zur Reithalle umgebauten

Scheune verband. Nichts, außer ein paar Fledermäusen, die im Schein der Lampe nach Faltern jagten.

Und doch war da etwas. Etwas, das Muriel nicht sehen, nicht hören und nicht in Worte fassen konnte. Es dauerte lange, bis sie begriff, dass das Gefühl nicht von außen kam. Es war in ihr drin und es wurde immer stärker. Wie ein stummer Ruf, der sie drängte, das Haus zu verlassen.

Mit klopfendem Herzen schlüpfte sie in ihre Jeans und zog eine Sweatjacke über das T-Shirt, das ihr als Nachthemd diente. Dann öffnete sie die Tür, schlich auf bloßen Füßen die knarrende Holztreppe hinunter und huschte über den dunklen Flur in die Küche, von der aus ein kleiner Nebeneingang auf den Hof hinausführte.

Sie wollte gerade in ihre Sneakers schlüpfen, als ihr ein leises Klirren in unmittelbarer Nähe einen eisigen Schrecken durch die Glieder jagte. Für den Bruchteil eines Augenblicks hielt sie die Luft an. Dann spürte sie Titus' vertraute kühle Schnauze an ihrer Hand und atmete auf.

»Titus!«, schalt sie flüsternd, während sie sich hinkniete, um dem großen Hund liebevoll über das Fell zu streichen. »Was fällt dir ein mich so zu erschrecken?«

Statt einer Antwort erhielt sie nur einen feucht-schlabberigen Hundekuss auf die Wange. Einen weiteren konnte sie gerade noch verhindern, indem sie sich erhob. Titus, der die Nacht wie immer allein im Flur verbrachte, schien sich riesig über ihren Besuch zu freuen. Schwanzwedelnd stand er neben ihr und schaute sie erwartungsvoll an.

Auch Muriel war froh ihn zu sehen. »Willst du mit mir rausgehen?«, fragte sie leise, während sie barfuß in ihre Schuhe schlüpfte und die Tür aufsperrte.

Die Reaktion des großen Schweizer Sennhundes war eindeutig. Als sie nach der Türklinke griff, drängte er seinen massigen Körper an ihr vorbei, um als Erster hinauszustürmen. »O. k., die Frage war wohl überflüssig.« Muriel lachte, klopfte Titus sanft auf den Rücken und ermahnte ihn im Flüsterton: »Aber nicht bellen! Hörst du? Es muss ja niemand etwas von unserer kleinen Nachtwanderung erfahren.«

Kaum dass sie die Tür einen Spaltbreit geöffnet hatte, war Titus auch schon draußen. Das schwarze Fell verschmolz mit den Schatten der Büsche und Bäume und er war nicht mehr zu sehen. Nur das leise Klirren des Halsbands verriet, dass er immer noch in der Nähe war.

Muriel zog die Tür leise hinter sich ins Schloss und blickte sich unschlüssig um.

Die Wolke hatte sich verzogen und das Mondlicht tauchte die Welt in eine verwunschene Landschaft aus Licht und Schatten. Die Luft war für eine Mainacht erstaunlich warm und erfüllt vom hellen Fiepen der Fledermäuse und den Düften des Frühlings.

Muriel hielt den Atem an und lauschte. Der nahe Bach gluckerte leise. Irgendwo in der Ferne rief ein Käuzchen und Titus tapste schnüffelnd im Gebüsch umher. Die Geräusche waren nicht ungewöhnlich, doch gerade als Muriel glaubte auch hier keinen Hinweis auf ihre quälende Unruhe zu finden, klang gedämpfter Hufschlag an ihre Ohren. Auf der Weide, die hinter der Reithalle lag, schien auch jemand nicht schlafen zu können.

»Komm mit, Titus!« Neugierig eilte Muriel über den Hof, umrundete die Reithalle und zwängte sich kurzerhand durch das angrenzende Gebüsch, weil sie keine Lust hatte, den ganzen Weg bis zum Tor der Koppel zu laufen. Obwohl sie keine Leine mitgenommen hatte, blieb Titus dicht an ihrer Seite. Die Nähe des kräftigen Sennhundes wirkte beruhigend. Noch nie war Muriel mitten in der Nacht allein auf dem Hof unterwegs gewesen und obwohl es im Mondschein gar nicht richtig dunkel war, war ihr doch etwas unheimlich zumute.

Vorsichtig kämpfte sie sich durch das Gebüsch, bog Zweige zur Seite und achtete darauf, dass Titus sich nicht an den Brombeerranken verletzte, die hier an einigen Stellen wuchsen.

Dann lag die Weide vor ihr. Eine weite, sanft gewellte Wiese, die an zwei Seiten von hohen Büschen begrenzt wurde. Ganz in der Nähe streckte eine mächtige Eiche ihre knorrigen Äste dem Mond entgegen. Ein Gruppe von Pferden döste dort vor sich hin. Drei weitere Pferde grasten friedlich in einer flachen Senke, in der dünne Nebelschleier träge über den Grashalmen hingen.

Muriel hielt inne. Der Hufschlag, der sie hergeführt hatte, war auch hier zu hören – und er kam näher.

Und dann sah sie Ascalon!

Der braune Wallach kam über die Wiese auf sie zu. Der üppige Schweif und die wallende Mähne schimmerten im Mondlicht wie frisch gefallener Schnee, während die hellen Fesselgelenke jeden Schritt perfekt betonten.

Was für ein Anblick! Muriel verschlug es die Sprache. Niemals zuvor hatte sie ein prächtigeres Pferd gesehen. Niemals ein solches Prickeln im Bauch gespürt. Es war wie im Märchen, berauschend und so voller Magie, dass sie fürchtete, der Zauber dieses einmaligen Augenblicks könne jeden Moment vergehen. Sie wagte nicht, sich zu bewegen, ja nicht einmal zu atmen. Sie stand nur da und starrte auf Ascalon, der nun langsamer wurde und mit stolz erhobenem Kopf auf sie zukam.

Die Pferde wichen ehrfürchtig zurück, als er an ihnen vorüberschritt, und selbst Titus, der in seiner Trägheit sonst nie ein Gespür für besondere Situationen an den Tag legte, schien in respektvollem Staunen zu verharren.

Ascalons Weg führte durch den Schatten der Eiche, doch das helle Fell von Mähne und Schweif schimmerte weiter, als hätte es das Mondlicht in sich aufgenommen.

Nur wenige Schritte trennten ihn jetzt noch von Muriel, deren Herz inzwischen so heftig pochte, dass sie glaubte, es müsse bis zum Haus zu hören sein.

Der Blick der dunklen Pferdeaugen hielt sie gefangen, mehr noch, er schien durch sie hindurchzugehen und ihr bis auf den Grund der Seele zu sehen.

Muriel spürte eine wohlige Wärme in sich aufsteigen und eine Woge des Glücks strömte durch ihren Körper. Sie wusste nicht, was hier – was mit ihr – geschah, aber sie fürchtete sich nicht.

Dann stand Ascalon vor ihr und streckte ihr schnaubend die Nüstern entgegen. Muriel wusste, dass es eine Einladung war. Wie selbstverständlich kletterte sie auf den Zaun, griff mit beiden Händen in Ascalons seidige Mähne und schwang sich mit einem kräftigen Schwung auf seinen Rücken.

»Bleib schön hier!«, ermahnte sie Titus. Da trabte Ascalon auch schon an. Muriel schloss die Augen und sog den würzigen Duft der Mainacht tief in ihre Lungen. Sie spürte das warme Fell durch den dünnen Stoff ihrer Jeans, die seidigen Mähnenhaare in ihren Fingern, den Wind in den Haaren, hörte den sanften Zweitakt der Hufe und seufzte glücklich. Sie war schon manches Mal im Dunkeln geritten, aber dieser Ritt war etwas ganz Besonderes.

Im Mondlicht trug Ascalon sie über die Wiese. Vorbei an der Eiche und den anderen Pferden bis zum Ende der Weide und wieder zurück. Seine Hufe berührten den Boden so weich und federnd, als würde er tanzen. Titus bellte verhalten, als er sie kommen sah, aber Muriel hatte nicht vor abzusteigen.

Wenige Schritte vor dem Zaun ließ sie Ascalon wenden, um noch eine Runde über die Wiese zu reiten.

Titus blieb am Zaun zurück.

Ascalon trabte erneut an, doch diesmal beließ er es nicht beim versammelten Trab. Fast unmerklich fiel er in einen mittleren und dann in einen starken Trab und als sei das nicht genug, ging er sogleich in einen kraftvollen und Boden gewinnenden Galopp über. Die nächtliche Landschaft flog an ihnen vorbei, die Eiche und die anderen Pferde blieben weit hinter ihnen zurück.

Muriel spürte, wie sich die Muskeln des Wallachs spannten, und klammerte sich an der Mähne fest: atemlos und mit klopfendem Herzen, aber immer noch gefangen von der Magie des Ritts. Der Gedanke, dass die Wiese jeden Augenblick zu Ende sein musste, blitzte kurz hinter ihrer Stirn auf, aber sie spürte keine Furcht. Der Ritt war so fantastisch, so einzigartig, dass es keinen Raum für störende Gedanken gab. Wie lange hatte sie schon davon geträumt, so zu reiten. Wild und frei. Sie wünschte, der Ritt würde niemals enden, und als hätte der Wallach ihre Gedanken gelesen, setzte er zum Sprung an.

Muriel fühlte, wie sich die Vorderhufe in die Luft erhoben, und neigte sich leicht nach vorn. Die Knie presste sie fest an den Leib des Pferdes und hielt den Atem an, da spürte sie auch schon, wie Ascalon sich kräftig mit den Hinterbeinen abstieß und sprang.

Die Zeit schien sich zu dehnen.

Alle Geräusche verstummten.

Muriel sah das Gatter des Weidezauns wie in Zeitlupe unter sich dahinziehen. Eine Weinbergschnecke thronte auf dem bemoosten Pfosten. Eine Tigermotte flatterte zwischen den Latten hindurch auf die Wiese. Funkelnde Tautropfen hingen in einem filigranen Spinnennetz und an einigen Stellen blätterte die weiße Farbe ab.

Dann setzten die Hufe auf und die Zeit fand ihren Rhythmus wieder. Ascalon preschte den Feldweg jenseits des Tores entlang – mitten in den Wald hinein. Die Bäume, stumme Riesen im Mondlicht, zogen in atemberaubender Geschwindigkeit an ihnen vorüber. Immer schneller und schneller, bis Licht und Schatten zu einem einzigartigen Muster verschmolzen.

Es war ein Ritt wie ein Rausch.

Muriel hatte keine Angst. Sie war einfach nur glücklich.

Irgendwann wurde Ascalon langsamer und fiel in einen leichten Trab. Muriel richtete sich auf, schloss die Augen und atmete tief durch. Ihr Herz hämmerte und ihre Wangen glühten, während das Hochgefühl des scharfen Ritts noch eine Weile in ihr nachhallte. Es dauerte jedoch nicht lange, bis sich die Stimme der Vernunft leise zu Wort meldete.

Ich sollte umkehren, ehe sich jemand Sorgen macht, dachte sie bei sich und überlegte, wie weit sie wohl geritten waren.

Blinzelnd schaute sie sich um – und erschrak.

Das war gar nicht ihr Wald!

Die Erkenntnis schoss ihr siedend heiß durch die Glieder. Hektisch blickte sie sich um, auf der Suche nach etwas, das ihr bekannt vorkam. Doch was das Mondlicht ihr enthüllte, trug nicht dazu bei, die aufkommende Panik zu lindern.

Auch in diesem Wald standen Bäume. Aber was für welche. Groß waren sie, mit Ästen, die aussahen wie die Tentakel einer riesigen Krake. Andere hatten tief gefurchte Stämme, von denen dicke Äste mit knollenartigen Kronen abzweigten. Wieder andere Stämme waren am Boden breit und wuchtig und liefen zur Krone hin spitz zu, von der meterlange, schmale Blätter wie eine Perücke herabhingen.

Dazwischen sah Muriel Büsche mit silbernen, trichterförmigen Blüten, die im Mondlicht geöffnet waren, und allerlei andere seltsame Gewächse. Die Artenvielfalt war überwältigend, doch wohin sie auch blickte, kein einziger Busch, kein einziges Blatt und keine Blüte hatte auch nur entfernt Ähnlichkeit mit einer Pflanze, die sie kannte.

Ich träume.

Der Gedanke hatte etwas Beruhigendes und Muriel klammerte sich daran fest. Vermutlich war dies nur eine weitere Steigerung der Visionen, die sie ohnehin schon plagten. So etwas wie ein Realtraum oder eine ganz besondere Vision, in der sie auch riechen und fühlen konnte.

Muriel hatte keine Ahnung, ob es so etwas überhaupt gab, aber jetzt und hier war ihr das gleichgültig. Sie wollte, dass es so war, weil sie wusste, dass sie sich sonst ganz furchtbar ängstigen würde.

Ascalon hingegen zeigte weder Furcht noch Panik. Er schien ganz genau zu wissen, wohin er wollte, und ließ sich weder durch Schenkeldruck noch durch Zurufe lenken. Sein dickköpfiges Verhalten machte Muriel wütend, aber sie wagte es nicht, in der erhabenen Stille laut zu schimpfen.

Ich wache bestimmt bald auf, dachte sie bei sich. Die Möglichkeit, dass alles nur ein Traum war, hatte immer noch etwas Tröstliches.

Und wenn es doch kein Traum ist? Hastig verscheuchte sie den Gedanken. Um sich abzulenken, richtete sie ihre Aufmerksamkeit wieder auf die Umgebung …

… und sah die Lichtung.

Nicht irgendeine Lichtung.

Muriel schnappte nach Luft. Vor ihr lag die Lichtung aus ihren Träumen. Die Furcht vor dem Ungewissen schnürte Muriel die Kehle zu. Doch zum Nachdenken blieb ihr keine Zeit, denn schon im nächsten Augenblick trat Ascalon aus dem Wald und auf die Lichtung hinaus. Wie ein Geisterpferd schritt er durch den wallenden Nebel.

Muriel kniff die Augen ganz fest zusammen. Sie musste nicht hinsehen. Sie wusste, was sie erwartete. Aber die Neugier war stärker als die Angst. Blinzelnd schaute sie zwischen den halb geöffneten Lidern hindurch – und sah die Hütte.

Wie schon in den Visionen stand sie mitten auf der Wiese. Hinter dem einzigen Fenster war Licht zu sehen.

Aus dem windschiefen Schornstein stieg eine helle Rauchsäule auf. Und wie schon in den Visionen ging Ascalon auch jetzt direkt darauf zu.

Muriel war vor Angst wie gelähmt. Mehr denn je war sie davon überzeugt zu träumen. Aber mehr denn je regten sich in ihr auch Zweifel. Wenn es ein Traum ist, überlegte sie, dann wäre ich bestimmt längst aufgewacht. Ich wache doch immer auf, wenn es im Traum brenzlig oder gefährlich wird. Warum jetzt nicht?

Weil es kein Traum ist, meldete sich die leise Stimme in ihr wieder zu Wort. Aber davon wollte Muriel nichts wissen, weil sie sich dann nur noch mehr gefürchtet hätte.

Ascalon schnaubte leise, ganz so als wolle er sie beruhigen. Dann blieb er stehen. Vor der Tür der Hütte.

Muriel saß ganz still. Sie wusste, dass sie absitzen und zur Hütte gehen sollte, aber sie tat es nicht. Sie wollte nicht hier sein – sie wollte nur eines: nach Hause.

Langsam und lautlos schwang die Tür der Hütte auf. Muriel hätte überrascht sein müssen, aber sie war es nicht. Sie hatte gewusst, dass das passieren würde. Genauso wie sie wusste, dass Ascalon gleich schnauben und ungeduldig mit dem Huf scharren würde.

Geh schon, schien er zu sagen. Aber Muriel wagte es nicht abzusitzen. Sie saß nur da, starrte auf die Tür und wartete auf den Augenblick, da sich im Innern der Hütte etwas bewegte – den Augenblick, in dem sie sonst immer erwacht war.

Die Schicksalsgöttin

Diesmal erwachte Muriel nicht.

Die Hände in Ascalons Mähne gekrallt, blickte sie wie gebannt auf die Tür, hinter der sich im schattigen Dunkel die Umrisse einer schlanken, hochgewachsenen Gestalt im langen Gewand abzeichneten. Muriel biss sich auf die Unterlippe und hielt den Atem an. Sie wusste, wer sie in der Hütte erwartete, obwohl sie diesmal keinen Umhang mit Kapuze trug. Es war die Frau, die sie schon im Wald zu sehen geglaubt hatte – die Frau aus ihren Visionen.

»Ich grüße dich, Tochter der Sterblichen.« Die Frau trat ins Mondlicht. Sie trug ein dunkelblaues, mit silbernen Mustern besticktes Kleid, das um die Taille gegürtet war. Die langen goldblonden Haare hatte sie zu einer kunstvollen Frisur hochgesteckt, von der einzelne Locken bis auf die Schulter hinabhingen. Ihre Oberarme zierten goldene Reifen und um den Hals trug sie eine Kette aus goldenem

Geschmeide. Ihr fein geschnittenes Gesicht wirkte jugendlich, aber sie hatte auch etwas Ehrwürdiges und Unnahbares an sich, das nur schwer zu beschreiben war.

»Wer sind Sie?« Muriels Stimme schnarrte wie eine rostige Klingel. Hastig räusperte sie sich und stellte die Frage noch einmal.

»Gute Frage. Wer bin ich?« Die Frau lächelte versonnen. »Darauf gäbe es viele Antworten. Für die Germanen war ich Syn, die Göttin der Gerechtigkeit und der Wahrheit. Die Römer nannten mich Fortuna. Ihnen war ich die Glücks- und Schicksalsgöttin. Den Griechen war ich als Tyche bekannt. Sie priesen mich als Göttin des Zufalls und des Schicksals.« Sie verstummte, den Blick sinnend auf den Nebel gerichtet, als könne sie in den wogenden Schwaden die Bilder längst vergangener Zeiten sehen. Dann schaute sie Muriel an und lächelte. »Aber das ist lange her«, sagte sie ohne Bitternis. »Die Mythen der Vergangenheit sind längst Geschichte. Die Zeiten der alten Götter sind vorbei. Heute bin ich, wer ich bin. Ich habe keinen Namen mehr.«

»Sie sind … Sie waren eine Göttin?« Muriel konnte nicht glauben, was sie da hörte.

»Ich war eine.« Die Frau nickte. »Heute ist meine Macht beschränkt. Wäre es mir gestattet, ich hätte mich längst, wie die anderen Götter, in ferne Gefilde zurückgezogen, denn ohne den Glauben der Menschen können wir nicht bestehen.«

»Und warum sind Sie noch hier?«, wagte Muriel zu fragen. Die Frau faszinierte sie. Sie war neugierig, mehr von ihr zu erfahren, blieb aber misstrauisch. Überzeugt davon, gerade eine ganz außergewöhnliche Vision zu erleben, fragte Muriel sich, wann sie wohl daraus erwachen würde.

»Ich bin hier, weil ich noch eine Aufgabe zu erfüllen habe«, erklärte die Frau. »Weißt du ... auch Göttern unterlaufen bisweilen Fehler. Fehler, die schwerwiegende Folgen haben können ...« Sie brach ab, blickte Muriel aus ihren hellblauen Augen an und deutete auf die Hütte. »Aber willst du nicht hereinkommen? Dann erzähle ich dir mehr davon.«

Muriel zögerte.

In Gedanken hörte sie die Stimme ihrer Mutter, die sie ermahnte, Fremden nicht zu sehr zu vertrauen. Andererseits geschah dies alles ja auch nicht wirklich. Was sollte da schon passieren? Irgendwann würde sie daheim in ihrem Bett aufwachen und feststellen, dass sie alles nur geträumt hatte.

»Du musst keine Angst haben«, sagte die Frau in ihre Gedanken hinein, als hätte sie diese gelesen. Sie ging auf Ascalon zu, strich ihm sanft über den Nasenrücken und sagte: »Ascalon und ich sind gute Freunde. Wir kennen uns schon sehr lange.«

»Sehr lange?« Muriel runzelte die Stirn. »Er ist doch erst sechs Jahre alt.«

»Das ist wohl wahr«, stimmte die Frau ihr zu. »Aber es ist auch nicht die ganze Wahrheit. Du musst wissen, dass Ascalon ein wirklich besonderes Pferd ist. Folge mir, dann erzähle ich dir seine Geschichte.«

... ein wirklich besonderes Pferd. Muriel horchte auf. Die Frau sprach aus, was sie schon die ganze Zeit vermutet hatte. Ascalon hatte ein Geheimnis. Ein Geheimnis, das sie unbedingt ergründen wollte. Ihr Interesse war geweckt. Sie konnte gar nicht anders, als die Einladung anzunehmen.

»Also gut, ich komme mit.« Langsam glitt sie von Ascalons Rücken und ging neben der Frau her auf die Tür zu.

»Sie bekommen wohl nicht häufig Besuch?«, fragte sie mit einem Blick auf den baufälligen Zustand der Hütte.

»Wenig.« Die Frau lächelte. »Genau genommen ist Ascalon der Einzige, der mir hin und wieder einen Besucher bringt. Der Weg hierher ist schwer zu finden.« Sie blieb am Türrahmen stehen und bedeutete Muriel einzutreten. »Willkommen in meinem Heim«, sagte sie geheimnisvoll. »Ich hoffe, es gefällt dir.«

Muriel trat ein und blieb wie angewurzelt stehen. Was immer sie in der Hütte erwartet hatte – das ganz gewiss nicht.

Der Raum war nicht nur viel größer, als es von außen den Anschein hatte, er war auch so prunkvoll eingerichtet, dass es Muriel glatt die Sprache verschlug. Eine hohe kuppelförmige Decke, die niemals das Hüttendach sein konnte, wurde von glänzend polierten Marmorsäulen getragen, der Fußboden war mit marmornen Fliesen bedeckt und an den Wänden prangten farbenprächtige Mosaike. Aus einem Brunnen in der Mitte plätscherte kristallklares Wasser in ein großes Auffangbecken und ein steinerner Kamin, in dem ein knisterndes Feuer brannte, verströmte eine heimelige Wärme.

»Gefällt es dir?« Der Frau waren Muriels bewundernde Blicke nicht entgangen.

»Es ist wunderschön.« Muriel kam aus dem Staunen nicht heraus. Wohin sie auch blickte, entdeckte sie neue Kostbarkeiten: wertvolle Teppiche, formvollendete Statuen und allerlei kunstvoll gearbeitete Dinge des täglichen Gebrauchs.

Das ist ein Traum, rief sie sich noch einmal nachdrücklich in Erinnerung, weil sie fürchtete verrückt zu werden, wenn es nicht so war. Das ist alles nur ein Traum. Wo sonst konnte es geschehen, dass man eine verfallene Hütte betrat und sich dann in einem Palast wiederfand?

»Bitte, setz dich doch.« Die Göttin deutete auf zwei wuchtige Korbstühle am Kamin, auf denen dicke, samtene Kissen lagen. »Wir beide haben viel zu besprechen.«

»Besprechen?« Stirnrunzelnd nahm Muriel Platz. Von *besprechen* war keine Rede gewesen. »Ich dachte, Sie wollten mir von Ascalon erzählen«, sagte sie.

»Das werde ich auch.« Die Göttin schenkte Wasser aus einer kristallenen Karaffe in einen gläsernen Kelch, reichte ihn Muriel und setzte sich ihr gegenüber. Das Licht der Flammen warf tanzende Schatten auf ihr Gesicht und gaben ihr ein fast mystisches Aussehen. Für einen Augenblick hatte Muriel das Gefühl, das wahre Alter der geheimnisvollen Frau erkennen zu können, aber der Moment verstrich, noch ehe sie ihn greifen konnte, und als sie ein zweites Mal hinsah, wirkte die Göttin wieder so jung und anmutig wie zuvor.

»Ascalon ist fast zweihundert Jahre alt«, sagte sie in einem Ton, als sei das ein ganz normales Alter für ein Pferd.

»Zweihundert Jahre?« Muriel rutschte vor Schreck fast der Kelch aus der Hand. »Aber das ist unmöglich. Meine Mutter ist Tierärztin und hat ihn untersucht. Er ist nicht älter als sechs Jahre.«

»In diesem Leben nicht. Das ist richtig.« Die Göttin nickte. »Aber alle seine Leben ergeben zusammen zweihundert Jahre.«

»Alle seine Leben?« Muriel war überzeugt, dass die Frau sie auf den Arm nahm. »Wie meinen Sie das?«

»Ascalon ist kein gewöhnliches Pferd«, erwiderte die Frau. »Ich bin sicher, dass du es bereits geahnt hast. Und wenn nicht, hast du es zumindest gespürt. Sonst hätte er dich nicht hierhergeführt. Früher hätte ich gesagt, er ist mein Diener. Heute wählt man dafür andere Worte.« Ein belustigtes Lächeln huschte über ihr Gesicht. »Sagen wir mal so: Er arbeitet für mich.«

»Und was arbeitet er?«, fragte Muriel gedehnt.

»Um dir das zu erklären, muss ich dir zunächst etwas über mich erzählen«, gab die Göttin ausweichend zur Antwort. »Es ist wichtig, dass du alles erfährst, ehe du dich entscheidest.«

»Entscheiden? Aber was ...?« Muriel verstummte, weil sie sah, dass die Göttin missbilligend den Kopf schüttelte.

»Gemach, Sterbliche«, sagte sie mit einem Anflug von Strenge in der Stimme. »Es gibt Zeiten für Fragen und Zeiten für Antworten. Zunächst aber ist die Zeit des Zuhörens.«

Muriel nickte beschämt. Sie hatte nicht unhöflich sein wollen. Errötend trank sie einen Schluck Wasser und lauschte gespannt.

»In jenen Zeiten, die ihr heute die Antike nennt«, begann die Göttin, »waren diese Hallen erfüllt von Leben. Hunderte Göttinnen und Götter weilten hier und lenkten die Geschicke der Völker. Mal gütig und weise, mal launisch und kriegerisch. Ganz wie es ihnen gefiel. Es war eine schöne Zeit. Eine Zeit vollkommener Macht, in der die Götter aber auch selbstgefällig wurden. Sie vernachlässigten ihre Aufgaben und suchten Zerstreuung in ausschweifenden Festen. Die Hallen waren erfüllt von Musik, Tanz und überschäumender Lebensfreude. So mancher vergaß darüber gern die Pflichten, die ihm aufgetragen waren, und so geschah es, dass die Menschen sich von uns abwandten. Wir wurden blasser und schwächer und immer mehr von uns zogen sich zurück.« Die

Göttin verstummte und für einen Augenblick wirkte sie traurig.

»Aber Sie sind noch hier«, sagte Muriel, die das Gefühl hatte, etwas sagen zu müssen.

»Ja, ich bin geblieben.« Die Göttin nickte versonnen. »Gern wäre ich den anderen gefolgt, aber ich konnte es nicht.« Sie sah Muriel an. »Erinnerst du dich, was ich vorhin sagte? Auch Götter machen bisweilen Fehler. Nun, auch ich habe Fehler gemacht. Ich war selbstgefällig und unaufmerksam. Und ich habe meine Pflichten sträflich vernachlässigt. Als ich es bemerkte, war es bereits zu spät. Zu viele Jahre, zu viele Jahrhunderte waren vergangen. Völker waren untergegangen und existierten nicht mehr. Mythen waren geboren worden und Mysterien verschollen. Zu viel war geschehen, als dass ich all meine Säumnisse noch hätte überblicken können. Zu viele Geheimnisse schlummern bereits im endlosen Strom der Zeit. Machtvolle und manchmal auch gefährliche Geheimnisse, die für immer verborgen bleiben müssen und die durch meinen Müßiggang nun ungeschützt sind. Die Gefahr, dass sie entdeckt werden, ist allgegenwärtig und wird mit jedem Jahr, das verstreicht, größer. So harre ich hier aus. Jahr um Jahr, Jahrhundert um Jahrhundert, und warte darauf, dass die Fehler im großen Plan, die durch meine Säumnisse entstanden sind, wieder zutage treten, in der Hoffnung, dass ich ihre Entdeckung durch die Menschen noch rechtzeitig verhindern kann.«

Wieder hatte Muriel das Gefühl, etwas sagen zu müssen, aber sie war viel zu verwirrt, um eine vernünftige Bemerkung zu machen.

»Das ... das tut mir sehr leid«, erwiderte sie schließlich, um überhaupt etwas zu sagen, und fügte hinzu: »Wäre das denn so schlimm?«

»O ja, das wäre es.« Die Göttin nickte ernst. »Ihr Sterblichen seid noch nicht reif für die großen Mysterien der Vergangenheit. Zu viele Kriege, zu viel Neid und Missgunst beherrschen euer Leben. Ihr würdet das unschätzbare Wissen der Alten nicht weise nutzen, ihr würdet es verwenden, um zu zerstören – am Ende vielleicht sogar euch selbst.«

»Nicht alle Menschen sind schlecht«, wandte Muriel ein. Sie ärgerte sich, dass die Göttin so abfällig über die Menschen sprach, und diesmal war es ihr gleichgültig, ob es vorlaut klang oder nicht. »Es gibt auch viel Gutes in der Welt, Hilfsbereitschaft, Freundlichkeit und Liebe.«

»Ja, die gibt es«, stimmte die Göttin ihr zu. »Und doch ist das Böse allgegenwärtig. Das Streben nach Macht ist ein schleichendes Gift, das auch die reinste Seele vergiften kann. Und die Mysterien, von denen ich spreche, sind sehr mächtig. Irgendwann wird die Zeit kommen, da die Menschheit so weit ist, sie zu ergründen. So lange jedoch werde ich hier ausharren und mit den mir verbliebenen Kräften versuchen, einen Missbrauch zu verhindern. Und Ascalon hilft mir dabei.«

»Wirklich? Wie kann er das?« Muriels Herz klopfte vor Aufregung wie wild. Was die Göttin ihr da erzählte, klang total spannend. Sie konnte es gar nicht erwarten, mehr davon zu hören.

»Jahrhundertelang gab es für mich nicht viel zu tun«, berichtete die Göttin weiter. »Die Menschen waren zu sehr mit sich selbst beschäftigt, als dass die Vergangenheit für sie von Interesse war. Das änderte sich jedoch mit den großen Entdeckern wie Christoph Columbus, James Cook und Alexander von Humboldt. Den Forschern folgten die Plünderer und Grabräuber, die es auf Gold und andere Schätze abgesehen hatten. Sie waren rücksichtslos und habgierig und zerstörten vieles, das besser erhalten geblieben wäre. Hin und wieder fielen ihnen auf ihren Beutezügen Hinweise auf die Mysterien in die Hände: ein vergessenes Schriftstück, eine schlichte Tonfigur oder Abbilder, in Fels gemalt. Aber sie hielten diese für wertlos und beachteten sie nicht. Damals war es noch leicht für mich, unbemerkt einzugreifen und die Geheimnisse der Vorzeit zu wahren. Irgendwann jedoch begriffen die Menschen, dass die Völker der Vergangenheit ihnen weit mehr hinterlassen hatten als Gold und Edelsteine. Einen Schatz, der viel wertvoller war als kostbares Geschmeide – und das war ihr Wissen. Fortan begannen jene, die ihr heute Archäologen nennt, gezielt danach zu suchen.«

Die Göttin gab einen Laut von sich, der sich wie ein Seufzen anhörte.

»Seitdem finde ich keine Ruhe mehr«, fuhr sie fort. »Der Drang nach Wissen scheint unersättlich. Moderne Techniken geben den Archäologen die Möglichkeit, in Gegenden vorzustoßen, die Jahrtausende unberührt waren. Sie suchen und suchen – und immer wieder werden sie fündig. Doch was sie da ans Tageslicht holen, ist nicht immer für ihre Augen bestimmt. Ich habe versucht einzugreifen, aber in der modernen Welt können sich nicht einmal mehr Götter unbemerkt bewegen. Mir sind die Hände gebunden.« Sie blickte Muriel ernst an. »Und deshalb habe ich Ascalon zu Hilfe gerufen.«

»Gerufen?« Muriel hatte längst vergessen, dass sie sich in einem Traum wähnte. »Wenn nicht einmal Sie sich frei in meiner Welt bewegen können, wie kann ein Pferd Ihnen da helfen?«

»Ascalon ist ein Reisender«, erklärte die Göttin. »Er hilft mir nicht in deiner Welt, sondern dort, wo der Fehler geschah. Er besitzt die einzigartige Fähigkeit, durch die Zeit reisen zu können, und erweist mir unschätzbare Dienste. Immer wenn ein Mysterium droht enthüllt zu werden, reist er in die Vergangenheit, um den Fehler dort zu beheben.«

Die Göttin schien zu bemerken, wie sehr ihre Worte Muriel verwirrten, deshalb fuhr sie fort: »Ich will dir ein Beispiel nennen. Vor fünfzig Jahren drohte bei Ausgrabungen in Pompeji eine Schriftrolle entdeckt zu werden, in der ein Römer ausführlich seinen Weg in die Unterwelt beschreibt. Pluto, der Gott der Unterwelt, hatte ihn zurückgeschickt, weil seine Zeit noch nicht gekommen war. Meine Aufgabe wäre es damals gewesen, dem Mann seine Erinnerungen an das Ereignis zu nehmen. Durch irgendetwas, das man gemeinhin als Zufall oder Schicksal bezeichnen würde. Aber ich … Nun ja, ich war damals gerade anderweitig beschäftigt. So schrieb er alles auf, was er erlebt hatte, und verbarg das Wissen gut geschützt in einem Versteck. Der Ausbruch des Vesuvs verschüttete die Schriftrolle, die es nie hätte geben dürfen und die nun, Jahrhunderte später, wiedergefunden wurde. Ascalon, mein treuer Diener, machte sich daraufhin sofort auf den Weg ins antike Pompeji und tauschte die Schriftrolle dort gegen ein unbedeutendes Dokument aus.« Ein listiges Lächeln umspielte ihre Mundwinkel. »So fanden die Archäologen nur ein gut erhaltenes Pergament zur Kräuterkunde und nicht den Weg in die römische Unterwelt.«

»Ascalon hat ein Pergament aus einem Versteck geholt und es gegen ein anderes ausgetauscht?«, hakte Muriel nach, die sich nicht vorstellen konnte, wie ein Pferd so etwas anstellen konnte.

»Nicht Ascalon – sein Reiter.«

»Dann reiten Sie auf ihm in die Vergangenheit.« Nun wurde Muriel alles klar.

»Nicht ich.« Die Göttin schüttelte den Kopf. »Ich kann nicht zurück, da ich in der Zeit ja schon existierte. Ich würde Gefahr laufen, mir dort selbst zu begegnen. Das wäre ein gefährliches Paradoxon, das das empfindliche Gefüge des großen Plans zum Zerreißen bringen könnte. Unbeschadet durch die Zeit zu reiten, vermögen nur die Reisenden und die Auserwählten.« Sie schaute Muriel an und was sie in den Augen der Göttin las, sagte mehr als alle Worte.

... bevor du dich entscheidest. In Gedanken hörte Muriel noch einmal, was die Göttin zu Beginn zu ihr gesagt hatte – und plötzlich verstand sie.

»Sie ... Sie meinen, ich muss ... ich soll ...«, stammelte sie verwirrt.

»Ascalon hat dich auserwählt, seine neue Reiterin zu sein«, hörte sie die Göttin wie aus weiter Ferne sagen. »Wie in jedem seiner unzähligen Leben hat er sich auch in diesem einen Gefährten gesucht, der ihn auf seinen gefährlichen Abenteuern begleitet. Du spürst es vielleicht noch nicht, aber zwischen dir und ihm besteht ein enges Band. Er hat dich gesucht und gefunden und wenn du es willst, wird er dir sein ganzes Leben lang treu zur Seite stehen.«

»Aber warum? Warum hat er gerade mich ausgewählt?« Muriel war zutiefst verwirrt. »Es gibt Milliarden Menschen auf der Welt. Warum ich?«

»Das kann ich dir nicht sagen.« Die Göttin machte eine entschuldigende Geste. »Ascalon hat sich seine Reiter schon immer selbst erwählt. Er hat ein untrügliches Gespür dafür, wer der oder die Richtige für ihn ist. Ich vermute, dass zwischen ihm und dir eine besondere Verbindung – eine Art Seelenverwandtschaft – besteht, die nur er spüren kann. Er allein weiß, wer auserwählt ist, ihn auf seinen Reisen zu begleiten.«

Muriel sagte nichts. Sie konnte nicht. Hinter ihrer Stirn wirbelten die Gedanken umher, ihr Herz raste und in den Ohren hörte sie das pulsierende Rauschen des Blutes. Sie fürchtete ohnmächtig zu werden und war froh zu sitzen.

Ich bin eine Auserwählte, dachte sie bei sich. Eine Auserwählte. Und während sie noch zu ermessen versuchte, was das für sie bedeutete, hörte sie Ascalon draußen freudig wiehern.

Wächterin des Schicksals

»Nun?« Die Göttin blickte Muriel aufmerksam an. »Willst du mir verraten, wie du darüber denkst?«

Muriel erwiderte den Blick, sagte aber nichts. Was sollte sie antworten? Sie war verwirrt, aufgeregt und zutiefst verunsichert. Ein Teil von ihr klammerte sich noch immer an die Hoffnung, dass sie alles nur träumte, während ein anderer Teil bereits ahnte, dass das nicht stimmte.

Dies war kein Traum.

»Das ist kein Traum – oder?«, fragte sie mit dünner Stimme.

Die Göttin schüttelte den Kopf. »Es ist so wirklich wie du und ich und so wahrhaftig wie alles, was ich dir erzählt habe«, sagte sie. »All das passiert jetzt und hier. Es ist kein Traum.«

Muriel biss sich auf die Unterlippe und schluckte schwer, da durchfuhr es sie mit einem Mal: Wie lange bin ich eigentlich schon hier? Bestimmt ist es zu Hause längst Morgen und sie suchen nach mir!

»Ich muss zurück!«, rief sie aus, sprang auf und wollte auf die Tür zueilen. »Meine Mutter macht sich bestimmt schon Sorgen.«

»Gemach, Muriel.« Lächelnd ergriff die Göttin Muriels Hand und hielt sie fest. Die Finger waren kühl, die Berührung fremd und irgendwie geisterhaft. »Niemand wird sich Sorgen machen, denn niemand wird je erfahren, dass du fort gewesen bist.«

»Aber ich bin schon so lange hier«, entgegnete Muriel. »Sie werden längst bemerkt haben, dass ich nicht da bin.«

»Dieser Ort ist nicht von deiner Welt«, erklärte die Göttin ruhig. »Zeit hat hier keine Bedeutung. Und wenn wir hier hundert Jahre beisammensäßen, so würdest du doch immer wieder genau in dem Augenblick nach Hause zurückkehren, in dem du deine Welt verlassen hast.«

»Aber man kann die Zeit nicht anhalten.« Muriel bemerkte, dass sie sich fast wie Vivien anhörte, aber in diesem Fall war ihr das gleichgültig. Die ganze Situation war so unglaublich, dass sie sich tatsächlich wie ein kleines Kind fühlte, dem man selbst die einfachsten Dinge erklären musste.

»So, wie ein Pferd nicht durch die Zeit reiten kann?«, fragte die Göttin schmunzelnd.

»Genau.«

»Ich könnte dir das Gegenteil beweisen.« Die Göttin

musterte Muriel mit einem schwer zu deutenden Blick. »Wenn du es möchtest.«

»Ich soll durch die Zeit reisen?« Muriel starrte die Göttin fassungslos an. »Jetzt?«

»Warum nicht?« Die Göttin sagte das so selbstverständlich, als sei es nichts weiter als ein kleiner Ausritt. »Ascalon wird dich tragen, wohin du möchtest.«

»Aber ich ... ich muss wieder nach Hause«, stammelte Muriel. Der Gedanke, in eine längst vergangene Epoche zu reiten, war verlockend, machte ihr allerdings auch Angst.

Was ist, wenn ich nicht mehr zurückkomme?, dachte sie bei sich. Oder wenn sich Ascalon unterwegs verirrt? Im Geiste sah Muriel sich schon durch ein diffuses graues Nichts reiten. Allein und ohne Hoffnung auf Hilfe.

»Du musst keine Angst haben«, hörte sie die Göttin sagen. »Ascalon hat schon viele Reiter sicher durch die Zeit geführt. Er besitzt genügend Erfahrung und wird auch dich heil wieder zurückbringen. Darauf hast du mein Wort.«

»Es ist nicht gefährlich?« Langsam ging Muriel zu dem Korbstuhl zurück und setzte sich.

Die Göttin seufzte.

»Was würdest du mir antworten, wenn ich dich frage, ob es gefährlich ist, eine Straße zu überqueren, auf der diese schnellen pferdelosen Kutschen fahren?«, antwortete sie mit einer Gegenfrage.

»Pferdelose Kutschen?« Muriel runzelte die Stirn, dann hellte sich ihr Gesicht auf. »Oh, Sie meinen Autos.« Sie überlegte kurz und sagte dann: »Ich würde sagen, dass es nur dann gefährlich ist, wenn Sie nicht aufpassen.«

»Siehst du.« Die Göttin nickte zufrieden. »Hier ist es nicht anders. Wenn du achtsam bist, wird dir nichts geschehen. Ein gewisses Risiko wird allerdings immer bleiben.«

»Was wurde aus den anderen Reitern von Ascalon?«, wechselte Muriel das Thema. »Sind sie wirklich alle heil zurückgekommen?«

»Sie alle lebten ein langes Leben, das endete, so wie es ihnen durch den großen Plan bestimmt war.«

»Hm.« Muriel kaute unentschlossen auf der Unterlippe.

»Es muss ja nicht weit sein«, ermunterte die Göttin sie. »Einhundert Jahre oder zweihundert. Das steht dir völlig frei. Vielleicht möchtest du ja auch in eine Stadt reisen, die du schon kennst. Zum Beispiel nach Willenberg, deinen Heimatort. Er hat eine bewegte Geschichte. Du würdest sicher einiges wiedererkennen und könntest vergleichen, wie es dort früher ausgesehen hat.«

»Könnte ich auch ins späte Mittelalter reiten? Anfang des fünfzehnten Jahrhunderts?«, fragte Muriel, die plötzlich eine Idee hatte.

»Das ist aber ein sehr düsteres Zeitalter.« Die Göttin zog erstaunt eine Augenbraue in die Höhe.

»Ich weiß.« Muriel nickte. »Aber ich muss bald ein Referat über diese Zeit halten. Ein kurzer Blick, ein kurzer Eindruck vom Leben damals würde mir schon sehr weiterhelfen.«

»Möchtest du nicht lieber in eine angenehmere Epoche reisen?«, versuchte die Göttin noch einmal sie umzustimmen. »In die Renaissancezeit oder in das neunzehnte Jahrhundert?«

»Nein.« Muriel schüttelte den Kopf. »Ich möchte ins Mittelalter. Am liebsten nach Willenberg. Die Stadt soll damals noch ein Dorf gewesen sein.«

»Also gut.« Die Göttin seufzte ergeben. »Aber sei vorsichtig.«

»Sagten Sie nicht, dass Ascalon auf mich aufpasst?«, fragte Muriel schnippisch. Sie konnte immer noch nicht recht daran glauben, dass Ascalon in die Vergangenheit reiten konnte, und wollte dies auch zeigen.

»Das wird er.« Die Göttin blieb freundlich und tadelte sie nicht. Mit einer anmutigen Bewegung erhob sie sich und bewegte sich wie schwebend auf die Tür zu.

»Folge mir«, sagte sie aufmunternd. »Ascalon wird sich freuen, dir sein Können zu beweisen.«

»Warten Sie!« Muriel stand auf und deutete auf ihre Bekleidung. Jeans, Sweatjacke, T-Shirt und Sneakers erschienen ihr nicht gerade zeitgemäß für eine Reise ins fünfzehnte Jahrhundert.

»So kann ich doch unmöglich im Mittelalter auftauchen.« Sie sagte das so selbstverständlich, als würde sie ihrer Mutter erklären, sie könne nicht mit den Stallklamotten in die Schule gehen.

»Das wirst du auch nicht.« Die Göttin schmunzelte. »Und nun komm. Ascalon wartet schon.«

Irgendwie hatte Muriel gedacht, dass sie neue Kleider bekommen würde, ehe sie losritt. Doch nichts geschah. Die Göttin führte sie nur hinaus auf die Lichtung, wo Ascalon sie bereits erwartete. Ungeduldig scharrte er mit dem Huf.

Muriel war unschlüssig, was sie nun tun sollte. In der modernen Jeans wagte sie nicht aufzusitzen und wartete deshalb, was die Göttin zu ihr sagen würde. Doch die wandte sich zunächst an Ascalon. Sanft strich sie ihm über den langen Nasenrücken, sah ihn an und ließ die Hand dann auf der breiten Stelle oberhalb der Augen verweilen.

Ascalon stand ganz still. Die Ohren aufgerichtet, schaute er die Göttin aus seinen dunklen Augen an und obwohl kein Wort laut gesprochen wurde, wurde Muriel das Gefühl nicht los, dass er der Göttin lauschte. Endlose Sekunden verstrichen, dann nahm die Göttin die Hand fort und Ascalon schüttelte die Mähne wie zu einem Nicken.

»Er ist bereit.« Die Göttin schritt auf Muriel zu. »Du kannst aufsitzen.«

»Aber ...« Muriel zupfte verlegen an ihrer Jeans.

»Mach dir um deine Kleider keine Sorgen«, sagte die Göttin leichthin. »Ascalon wird dich in die gewünschte Zeit tragen. Alles andere wird sich richten.« Sie zwinkerte Muriel zu und fügte hinzu: »Vertrau mir.«

Keine zwei Minuten später saß Muriel auf Ascalons Rücken. Ihr Herz klopfte wie wild. Sie hatte furchtbare Angst vor dem, was kommen mochte, und hätte am liebsten alles, was sie in dieser Nacht erlebt hatte, ungeschehen gemacht.

Warum habe ich dumme Gans überhaupt den Mund aufgemacht?, schalt sie sich in Gedanken. Hätte ich doch bloß nichts gesagt. Aber noch ist es nicht zu spät. Vielleicht kann ich jetzt noch …

Etwas streifte ihr Bewusstsein und sie führte den Gedanken nicht zu Ende. Es war ein sanftes und tröstliches Gefühl, ganz so, wie sie es früher oft erlebt hatte, wenn sie nach einem Albtraum zu ihrer Mutter ins Bett gekrochen war. Es war die Gewissheit, nicht allein zu sein, und das Gefühl, sich ganz auf den andern verlassen zu können. Im ersten Moment konnte sie sich nicht erklären, warum das Gefühl gerade jetzt so stark in ihr aufflammte. Dann hörte sie Ascalon schnauben und wusste, woher es kam.

Du spürst es vielleicht noch nicht, aber zwischen dir und ihm besteht ein enges Band, hatte die Göttin gesagt. Doch erst jetzt begriff sie wirklich, was das bedeutete. Ascalon spürte ihre Furcht und wollte sie beruhigen. Er, der schon so oft in die Vergangenheit gereist war, wollte ihr die Angst vor dem ersten Ritt nehmen und sandte ihr deshalb einen beruhigenden Gedanken.

Muriel wurde ganz warm ums Herz. Das war es also, was die Göttin mit der Seelenverwandtschaft gemeint hatte.

Ascalon konnte ihre Gefühle spüren, als wären es seine eigenen, und irgendwann, da war sie sich ganz sicher, würde sie auch seine Gefühle wahrnehmen können. Ascalon war mehr als nur ihr Pferd. Er war ihr Begleiter, ihr Freund, ihr Bruder im Geiste und ihr Beschützer. Er war das alles und noch viel mehr und tief in sich fühlte Muriel neben all den Ängsten auch ersten Stolz aufkeimen.

Du bist eine Auserwählte, wisperte eine Stimme in ihr. Gemeinsam mit Ascalon wirst du Abenteuer erleben, so wie du es dir schon immer gewünscht hast. Muriel, die Wächterin des Schicksals, die Hüterin der Mysterien. Muriel, die Beschützerin der Welt ...

»Bist du bereit?« Die Stimme der Göttin riss Muriel aus ihren Gedanken. Ihr Herz klopfte immer noch wie wild, aber nicht mehr vor Furcht, sondern vor Aufregung. Die Angst war nicht verflogen, aber sie hatte sich geändert. Muriel fühlte sich wie ein Knappe vor dem Ritterschlag, wie ein Astronaut vor dem Start des Raumschiffs, wie ein Bungee-Springer vor dem ersten Sprung. Die Angst war noch da, aber sie war ihr willkommen. Sie war bereit.

Mehr als ein kurzes Nicken brachte sie nicht zustande, doch das war auch nicht nötig.

»Halte dich gut an der Mähne fest, der Ritt wird etwas ungemütlich sein«, riet ihr die Göttin und fügte hinzu: »Aber was auch geschieht, du musst keine Angst haben.«

Muriel nickte schweigend. Sie hatte einen dicken Kloß im Hals und bekam kein Wort heraus.

»Denke immer daran, dass du in der Vergangenheit nur ein Gast bist«, ermahnte sie die Göttin noch. »Was du dort sehen und erleben wirst, ist längst Geschichte. Du darfst es nicht verändern.«

Dann trabte Ascalon an. Die Hütte blieb hinter ihnen zurück und verschwand im Nebel, während er zielstrebig über die Lichtung auf den fernen Waldrand zugaloppierte.

Der scharfe Ritt war Muriel fast schon vertraut. Es war wie auf dem Weg zur Lichtung. Ascalon lief schneller und schneller, bis die Landschaft ringsumher zu einem grauschwarzen Muster verschmolz. Muriel spürte den Wind in den Haaren und die nächtliche Kühle auf ihrem Gesicht. Mähnenhaare kitzelten ihre Wangen und sie fühlte Ascalons Wärme durch den Stoff ihrer Jeans. Sie wäre gern mutig gewesen, aber die Furcht war immer noch da und wurde sogar noch schlimmer, als es um sie herum schlagartig stockfinster wurde, als alle Geräusche verstummten und eine schneidende Grabeskälte nach ihr Griff. Aber sie wusste: Ascalon war bei ihr und riss sich zusammen. Er kannte den Weg und sie vertraute ihm.

Aus der Dunkelheit schoss ein gleißender Blitz heran und bohrte sich Funken sprühend in Ascalons Brust. Muriel zuckte erschrocken zusammen, doch der Wallach schien den Schlag nicht einmal zu spüren. Unbeirrt preschte er weiter. Dem ersten folgten weitere Blitze. Mehr und mehr züngelten heran und trafen das Pferd, als wollten sie es aufhalten. Aber sie konnten Ascalon nichts anhaben. Es war, als sauge er die Energie der Blitze förmlich in sich auf. Sein Fell begann silbern zu schimmern und aus der Mähne lösten sich bei jeder Bewegung abertausend winzige Funken. Es dauerte nicht lange, da bemerkte Muriel, dass sie in einer kugelförmigen Wolke aus Licht ritten, die die Blitze fernhielt. Fasziniert beobachtete sie die bizarren Muster, mit denen sich die Blitze an der äußeren Hülle brachen, und lauschte auf das elektrostatische Knistern, das jeden Einschlag begleitete.

Was hier geschah, widersprach allen Naturgesetzen, die in ihrer Welt Gültigkeit hatten, und dafür kannte Muriel nur einen Namen: Magie.

Irgendwann, nach einer Zeit, die wenige Minuten, aber auch Jahrhunderte gedauert haben mochte, wurden die Blitze weniger. Die leuchtende Wolke verblasste, Ascalons silbernes Fell nahm wieder die natürliche Farbe an und aus der Mähne löste sich ein letzter winziger Funken.

Muriel atmete auf und entspannte sich. Sie fühlte, dass Ascalon langsamer wurde, und betrachtete neugierig das grün-schwarze Farbenspiel, das sich ringsumher aus der Dunkelheit formte und das sich wenig später als ein sommerlicher Wald entpuppte, durch den sich ein, von tiefen Wagenspuren, Schlaglöchern und Pfützen gezeichneter, nahezu unpassierbarer Weg hindurchwand. Es war ein wilder, urwüchsiger Wald mit allerlei Unterholz, der kaum etwas mit den ordentlichen Wäldern gemein hatte, die

Muriel von zu Hause kannte. Allerdings war er auch nicht ungewöhnlich. Sie entdeckte Buchen, Eichen und andere bekannte Gehölze. Die Luft war angenehm kühl und erfüllt von den vertrauten Düften des Waldes. Die Vögel sangen und die Sonne schien wie auf einem ganz normalen Ausritt.

Das sollte das Mittelalter sein?

Muriel spürte, dass sie hier fremd war, fand aber keine Hinweise darauf, dass sie tatsächlich durch die Zeit geritten war. Ein Urwald aus heimischen Bäumen war noch lange kein Beweis. Ebenso gut konnte Ascalon sie auch nur in eine andere Gegend gebracht haben. Aufmerksam schaute sie sich um, in der Hoffnung, einen überzeugenden Anhaltspunkt für das Mittelalter zu finden – vergeblich.

Sie musste wohl erst aus dem Wald hinausreiten und nach einem Dorf oder einem Bauernhof Ausschau halten. Erst wenn sie den Menschen begegnete, die hier lebten, konnte sie wirklich sicher sein, dass der Zeitsprung gelungen war.

Begegnung mit der Vergangenheit

Bis es so weit war, musste sie sich jedoch noch etwas gedulden. Der Weg war schlammig und Ascalon bewegte sich nur noch im Schritttempo vorwärts. Offenbar hatte es hier vor nicht allzu langer Zeit heftig geregnet. Jetzt war es sonnig und warm, aber das dichte Blätterdach hielt die Sonnenstrahlen fern und der aufgeweichte Weg trocknete nur langsam.

Muriel sah auf den Boden. Das Wasser in den Pfützen und ausgefahrenen Spuren würde vermutlich noch tagelang dort stehen. Wie zufällig schaute sie dabei auch auf ihre halb nackten Beine.

Halb nackte Beine? Sie musste zweimal hinsehen, um zu begreifen, was das bedeutete. Statt Jeans und Sneakers trug sie ein weinrotes Kleid mit breiten Trägern aus grob gewebtem Leinen, das zum Reiten völlig ungeeignet und deshalb bis zu den Knien hochgerutscht war. Ein heller

Unterrock schaute darunter hervor. Ihre Füße waren nackt.

Sie sah auf ihre Arme, aber hier bot sich ihr ein ähnliches Bild. Statt T-Shirt und Sweatjacke hatte sie eine beigefarbene Bluse mit langen Ärmeln an, die an den Ellenbogen und Handgelenken gerafft war und aus dem gleichen kratzigen Gewebe bestand wie das Kleid. Die Bluse hatte keine Knöpfe, aber einen großen Halsausschnitt, der vorn mit einer Kordel geschnürt wurde.

Muriel wünschte, sie hätte einen Spiegel. Zögernd hob sie die Hand, um sich in die Haare zu fassen, aber die steckten unter einer fest gebundenen Haube, aus der kein Härchen mehr hervorschaute.

»Mach dir um deine Kleider keine Sorgen. Ascalon wird dich in die gewünschte Zeit tragen. Alles andere wird sich schon richten.«

Jetzt erst begriff sie wirklich, was die Göttin damit gemeint hatte. Sie war gekleidet wie ein junges Mädchen in dieser Zeit. Wenn sie sich unauffällig verhielt, würde niemand bemerken, dass sie aus der Zukunft kam.

Ich sollte absitzen. Der Gedanke kam ihr wie von selbst. Bestimmt geziemt es sich nicht für ein einfaches Bauernmädchen zu reiten, überlegte sie und versuchte sich daran zu erinnern, was sie im Geschichtsunterricht über das Mittelalter gelernt hatten.

Die einfachen Leute dienten damals zumeist als Vasallen einem Lehnsherren, der ihnen im Gegenzug Unterhalt und Schutz gewährte. Die Menschen besaßen nur wenig und hatten oft nicht einmal genug zum Leben. Pferde gehörten fast ausschließlich den wohlhabenden Bürgern oder Händlern. Den Armen dienten Ochsen als Zugtiere für Karren und für die Feldarbeit. Man würde sie also für wohlhabend halten, wenn sie auf Ascalon ritt.

Mit wachsendem Unbehagen betrachtete sie den schlammigen Weg und entschied dann, erst einmal weiterzureiten. Sie wusste immer noch nicht, ob sie wirklich im Mittelalter angekommen war, und wenn ja, hatte sie keine Ahnung, wie weit es noch bis Willenberg war. Der Gedanke, vielleicht kilometerweit barfuß durch knöcheltiefen Matsch waten zu müssen, war alles andere als verlockend. Muriel blickte sich um, weil sie sehen wollte, ob sich jemand von hinten näherte, aber der Weg war menschenleer.

Prima, dann reite ich weiter, entschied sie.

Jetzt, da sie angemessen gekleidet war, fühlte sie sich schon etwas sicherer. Außerdem war Ascalon ja bei ihr.

Eine Viertelstunde später lichtete sich der Wald. Die Bäume standen weiter auseinander und immer häufiger entdeckte sie im Unterholz Baumstümpfe. Offenbar kamen oft Menschen hierher, um Holz zu schlagen. Allerdings war auch das noch kein Beweis für eine mittelalterliche Welt. Rings um den Birkenhof kreischten im zeitigen Frühjahr ständig die Motorsägen, weil die Leute aus Willenberg kamen, um sich Kaminholz aus den Kronen der

Bäume zu sägen, die die Gutsverwaltung im Winter gefällt hatte.

Weiter vorn endete der Wald. Helles Sonnenlicht flutete zwischen den Bäumen hindurch und berührte den Waldboden mit goldenen Strahlen.

Nun wurde Muriel doch etwas mulmig zumute. Obwohl der Weg immer noch matschig war, entschied sie sich abzusitzen. Die Gefahr, entdeckt zu werden, war nicht zu unterschätzen.

Der aufgeweichte Boden war kühl und glitschig.

Muriel verzog angewidert das Gesicht, als ihr der Schlamm zwischen den Zehen hindurchquoll, ging aber tapfer weiter. Gefolgt von Ascalon, der brav hinter ihr hertrottete, verließ sie den Wald und gelangte auf eine sonnenbeschienene Wildblumenwiese. Hier war der Weg weitgehend trocken. Nur vereinzelt gab es noch Pfützen. Im getrockneten Erdreich waren Hufabdrücke von Pferden und Ochsen zu erkennen, aber auch Fußspuren und tiefe Furchen von Wagenrädern. Offensichtlich wurde dieser Weg viel genutzt, auch wenn Muriel bisher noch niemandem begegnet war.

Am Ende der Wiese mündete der Weg in Felder, auf denen Getreide spross. Sie waren klein und von Unkraut durchwachsen. Kamille und Klatschmohn boten einen farbenprächtigen Anblick, nahmen dem kümmerlichen Getreide aber auch den Raum zum Wachsen.

Im Gegensatz zum Wald muteten die Felder überaus

mittelalterlich an und nährten in Muriel die Hoffnung, dass Ascalon der Zeitsprung wahrhaftig gelungen war.

Kein Wunder, dass die Menschen damals Hunger litten, überlegte sie und rief sich den Anblick der viele Hektar großen Felder des Willenberger Gutshofes mit ihren dicht an dicht stehenden Ähren in Erinnerung. Die Ernte hier wird sicher dürftig ausfallen.

Nachdenklich wanderte sie weiter. Sie hatte noch nicht viel gesehen, aber schon jetzt bekamen die nüchternen Beschreibungen aus ihrem Geschichtsbuch eine ganz neue Dimension. Es machte eben doch einen Unterschied, ob man etwas las oder mit eigenen Augen sah. Mehr denn je war sie neugierig auf die Stadt und das Leben dort und ging schneller, um endlich nach Willenberg zu gelangen.

Von einer flachen Hügelkuppe aus konnte sie einen ersten Blick auf eine mittelalterliche Siedlung werfen – besser gesagt auf die Dächer einer solchen, denn sie lag in einer Senke hinter der nächsten Anhöhe.

War das Willenberg, wie es anno 1420 ausgesehen hatte?

Muriel stellte sich auf die Zehenspitzen, um besser sehen zu können, aber mehr als eine Handvoll Strohdächer mit gemauerten Schornsteinen, einen Kirchturm und einige Giebel von Fachwerkhäusern konnte sie nicht erkennen. Am liebsten wäre sie aufgesessen und dorthin geritten, aber so dicht vor der Stadt wagte sie es nicht und so setzte sie den Weg eilig zu Fuß fort.

Je näher sie der Siedlung kam, desto weiter blieb Ascalon hinter ihr zurück. Er schien zu wissen, dass sie nicht zusammen gesehen werden durften, denn irgendwann verließ er den Weg und begleitete sie nur noch im Schutz der Wiesen und Felder.

Muriel hatte die Anhöhe noch nicht erreicht, da hörte sie hinter sich einen furchtbaren Lärm, der rasch näher kam. Sie drehte sich um und sah einen Händlerkarren, der sich ihr mit holprigen Auf-und-ab-Bewegungen näherte. Die Waren auf der Ladefläche wurden nur dürftig von einer geflickten Plane bedeckt, unter der es heftig schepperte. Am Wagen selbst hing allerlei kupfernes Geschirr, das bei jedem Schlagloch klirrend und klappernd aneinanderschlug.

Der Mann auf dem Kutschbock schien es eilig zu haben. Ohne auf den Lärm zu achten, trieb er den stämmigen Kaltblüter, der den Wagen zog, durch Zurufe und Zügelschlagen an, schneller zu laufen. Den Kesseln und Töpfen nach zu urteilen musste es ein Händler sein, der auf dem Weg zum Markt war. Vermutlich trieb er sein Pferd deshalb so an, denn es war schon fast Mittag und er fürchtete wohl zu spät zu kommen.

Muriel trat zur Seite und ließ das Gespann passieren. Der Anblick des Händlerkarrens vertrieb auch ihre letzten Zweifel. Sie war angekommen. Vor ihr lag das mittelalterliche Willenberg. Ascalon hatte sie tatsächlich in die Vergangenheit gebracht. Der Gedanke machte ihr ein wenig

Angst, aber die Neugier war stärker. Wo sie schon mal hier war, wollte sie auch mehr von dieser Welt sehen. Und Ascalon war ja noch ganz in der Nähe.

Sie wollte gerade weitergehen, als sie aus den Augenwinkeln auf der nahen Wiese eine Bewegung bemerkte. Verwundert drehte sie sich um und sah einen Jungen, der über die Wiese auf sie zugelaufen kam. Er war einen Kopf größer als sie und vermutlich auch etwas älter.

»He, du! Warte mal!«, rief er ihr zu.

Ein heißer Schrecken durchzuckte sie. Unsicher, was sie tun sollte, warf sie einen raschen Seitenblick auf Ascalon, doch der hatte gut hundert Meter entfernt unter einem Apfelbaum zu grasen begonnen und schien sich nicht um den Fremden zu kümmern. Der Junge kam immer näher. Er war barfuß und trug eine schlabberige, zerschlissene Hose. Das geschnürte Hemd aus hellem Leinen hing zur Hälfte aus der Hose heraus. Dazu trug er eine enge Lederkappe, die Muriel stark an die scheußlichen Mützen erinnerte, die Vivien als Säugling immer getragen hatte.

Bei dem Jungen sah die Kappe geradezu lächerlich aus, denn darunter fielen ihm die schwarzen lockigen Haare bis auf die Schulter hinab.

Um Atem ringend blieb er vor Muriel stehen, nahm die Kappe vom Kopf und knetete sie verlegen in den Händen.

»Verzeih, dass ich dich einfach so anspreche«, sagte er. »Aber du … du bist fremd hier.«

Muriel zog verwundert die Stirn kraus. »Ja und?«

»Gehst du nach Willenberg?«

»Ja.«

»Gut«, der Junge grinste. Sein rechter Schneidezahn fehlte. »Dann begleite ich dich – Wenn es dir recht ist.«

Muriel war sich nicht sicher, was sie darauf antworten sollte. Der Junge schien nett zu sein, aber sie wäre eigentlich lieber allein geblieben. Andererseits konnte er ihr bestimmt auch behilflich sein.

»Ist es.« Muriel nickte gönnerhaft und setzte sich in Bewegung. »Wie heißt du?«

»Christoph.« Der Junge setzte die Kappe wieder auf den Kopf und ging neben ihr her. »Ich lebe bei meinem Oheim Matthis Wölfling. Ihm gehört die Mühle an der Wille. Und wer bist du?«

»Murie ... Marie«, erklärte Muriel schnell.

»Was suchst du hier so allein?«, wollte Christoph wissen.

Muriel überlegte fieberhaft, dann fiel ihr etwas ein. »Meine Mutter ist Weinhändlerin. Wir waren auf dem Weg zum Markt. Aber im Wald ist die Achse unseres Karrens gebrochen. Sie schickte mich aus, damit ich in Willenberg um Hilfe bitte.«

»Oh, das wird aber nicht leicht werden.« Christoph machte ein betrübtes Gesicht.

»Warum?«

»Weil heute Nachmittag auf dem Markt öffentlich Gericht gehalten wird«, erklärte der Junge. »Das will sich niemand entgehen lassen.«

»Du wohl auch nicht?« Muriel grinste.

»Nö.« Christoph grinste zurück. »Mein Oheim hat es mir zwar nicht gestattet, zum Prozess nach Willenberg zu gehen. Aber wenn ich dir helfen kann, ist das natürlich etwas anderes.«

Gemeinsam gingen sie über die Anhöhe. Muriel hatte große Mühe, sich ihr Erstaunen nicht anmerken zu lassen, als sie Willenberg zum ersten Mal vor sich sah. Es war viel kleiner, als sie vermutet hatte. Die meisten der mit Schindeln und Stroh gedeckten Häuser waren ihr unbekannt, aber es gab auch Gebäude, die sie schon aus der Ferne wiedererkannte: die Kirche zum Beispiel. Sie stand in der Mitte des Dorfes und überragte alle anderen Häuser um mehr als das Doppelte. Es schien, als wären die Jahrhunderte nahezu spurlos an ihr vorübergegangen. Das Mauerwerk war heller, als Muriel es in Erinnerung hatte, und statt der roten Dachpfannen bedeckten schwarze Schindeln das Kirchenschiff, ansonsten aber sah sie genauso aus wie die Kirche im Willenberg ihrer Zeit.

Staunend ging sie neben Christoph in das Dorf. Nun war sie doch froh, dass er sie begleitete. Offenbar war er im Dorf bekannt wie ein bunter Hund. Jeder, dem sie begegneten, sprach ihn an und manche erkundigten sich auch nach Muriel. Christoph erwiderte jeden Gruß und gab höflich Auskunft, doch alle, die er um Hilfe für den verunglückten Wagen der Weinhändlerin bat, winkten ab. Es war, wie er gesagt hatte: Niemand wollte sich die bevorstehende Urteilsverkündung entgehen lassen.

Muriel war das nur recht. So hatte sie mehr Zeit, sich in Willenberg umzusehen, eigene Eindrücke vom täglichen Leben im Mittelalter zu gewinnen und zu bewundern, was sie sonst nur aus Geschichtsbüchern kannte.

Die kleinen Fachwerkhäuser am Rand des Dorfes waren hübsch anzusehen, aber Muriel erkannte schnell, dass sie ärmlich eingerichtet waren und den großen Familien nur wenig Platz boten. In den Gassen und Wegen zwischen den Häusern spielten Kinder. Für einen Augenblick hatte Muriel das Gefühl, Teil eines Films aus dem Mittelalter zu sein. Doch die Wirklichkeit holte sie sogleich ein, denn was aus der Ferne romantisch wirkte, zeigte von Nahem sein wahres Gesicht.

Muriel war entsetzt, als sie sah, wie schmutzig die Straßen waren. Der Regen hatte wohl einen Großteil des Unrats fortgespült, dennoch war nicht zu übersehen, dass die Menschen offenbar nur wenig Wert auf Sauberkeit legten. Pferde- und Ochsenkot mischten sich mit dem noch feuchten Schlamm der ungepflasterten Wege zu einem eklig stinkenden Brei. Der strenge Geruch nach Unrat und Fäulnis war an manchen Stellen so schlimm, dass Muriel übel wurde. Sie hielt den Atem an und ging schnell weiter, um dem Gestank zu entkommen.

»Wo willst du hin?«, hörte sie Christoph fragen, den die Ausdünstungen nicht zu stören schienen.

»Zum Marktplatz.« Muriel antwortete ganz automatisch.

»Hast du Hunger?«

Die Frage erinnerte Muriel daran, dass sie schon lange nichts mehr gegessen hatte. Und als hätte er nur auf ein Zeichen gewartet, begann ihr Magen zu knurren.

»Nein«, sagte sie.

»Das hörte sich aber ganz anders an.« Christoph sah sie von der Seite her an. »Du hast keinen Pfennig bei dir. Hab ich recht?«

Muriel nickte beschämt.

»Was hast du nur für eine ehrlose Mutter, dass sie dich ohne Speis und Trank auf einen so weiten Weg schickt?«, ereiferte sich Christoph und sagte dann: »Komm mit, ich weiß, wo wir etwas zu essen bekommen!« Er griff nach ihrer Hand – und hielt verwundert inne.

»Was ist los?«, fragte Muriel.

»Deine Hand.« Staunend hob Christoph ihre Hand in die Höhe, um sie besser ansehen zu können. »Sie ist so weich und zart, wie nur die Hand einer Edelfrau es sein kann.«

»Blödsinn, ich bin keine Edelfrau.« Hastig zog Muriel die Hand zurück.

Christoph schien nicht überzeugt, sagte aber nichts. Für einen Augenblick schaute er sie noch stirnrunzelnd an, dann sagte er: »Nun, wie auch immer. Komm, lass uns was zu essen holen.« Er führte sie durch schmale Gassen auf den Platz vor der Kirche, wo tatsächlich ein Markt stattfand. Mehr als zwanzig Bauern aus der Umgebung boten hier lebende Kaninchen, Lämmer und Ferkel, aber auch Gemüse und Geflügel an. Muriel entdeckte den Händler mit den Töpfen und Pfannen, der seinen Karren neben einer Bäuerin aufgestellt hatte, die Eier und Milch verkaufte. Überall wurde gehandelt und gefeilscht, gelacht und geschimpft. Ferkel quiekten ängstlich, Hähne krähten und Gänse schnatterten aufgeregt.

In der Mitte des Platzes hatten sich drei Musikanten mit Lauten und Zimbeln aufgestellt, zu deren Musik eine Frau in bunten Kleidern tanzte, die Schellen in den Händen hielt.

Ein Gruppe von Schaulustigen hatte sich eingefunden und lauschte den Musikanten begeistert. Darunter auch viele Kinder.

Muriel war von den fremdartigen Klängen begeistert. Als Christoph mit ihr an den Musikanten vorüberging, blieb sie stehen und hörte zu.

»Hier, der ist für dich!« Erst als Christoph sie mit dem Ellenbogen anstieß und ihr einen Apfel reichte, bemerkte sie, dass er kurz weggegangen war.

»Danke.« Muriel betrachtete den Apfel und versuchte sich ihr Unbehagen nicht anmerken zu lassen. So einen hätte sie zu Hause höchstens an die Pferde verfüttert. Der

Apfel war klein, grün und hart. Nicht zu vergleichen mit den saftigen, knackig roten Äpfeln, die sie aus dem Supermarkt kannte. Weil Christoph aber so stolz wirkte und herzhaft in seinen Apfel hineinbiss, wollte sie nicht unhöflich sein.

Tapfer tat sie es ihm gleich. Der Apfel war so sauer, wie er aussah, und so hart, wie er sich anfühlte. Muriel hatte das Gefühl, in ihrem Mund zöge sich alles zusammen, und musste sich mächtig zusammenreißen, um das Stück nicht sofort wieder auszuspucken.

»Schmeckt gut. Nicht wahr?«, hörte sie Christoph sagen und fragte sich im Stillen, ob er das wohl wirklich ernst meinte. Aber Christoph gab ihr sogleich die Antwort darauf: »Ragna hat mir die beiden schönsten Äpfel ausgesucht«, verkündete er, kam etwas näher und flüsterte ihr augenzwinkernd zu: »Sie würde gern mit meinem Vetter Gerold anbandeln. Das muss man ausnutzen.«

»Ja, der ist wirklich gut.« Muriel schluckte hart, schloss die Augen und biss gleich noch einmal in den scheußlichen Apfel, um ihre Worte zu bekräftigen.

Da verstummte die Musik. Die Musikanten gingen fort. Die hektische Betriebsamkeit stockte und eine unheimliche Stille legte sich über den Marktplatz. Die Menschen, die eben noch gefeilscht und gelacht hatten, wirkten nervös und angespannt.

Alle starrten zum Rathaus hinüber, dessen großes Doppelflügeltor in diesem Moment geöffnet wurde.

Zu Muriels großer Überraschung sah auch das Rathaus dem Gebäude aus ihrer Zeit schon sehr ähnlich. Das Tor war zwar ein anderes und wie bei der Kirche war das Dach im Laufe der Jahrhunderte vermutlich mehrfach erneuert worden. Aber das Fachwerk und die kleinen Sprossenfenster waren ihr wohlvertraut.

»Komm mit.« Christoph deutete auf den Marktstand mit den Äpfeln. »Von da können wir gut sehen. Es geht los.«

»Was geschieht jetzt?«, wollte Muriel wissen, aber Christoph blieb ihr die Antwort schuldig. Wie alle Besucher der Marktes blickte er zum Rathaus hinüber und wartete.

Der Schandpfahl

Es dauerte nicht lange, da kamen zwei Gerichtsdiener in Uniform aus der Tür des Rathauses. Gemessenen Schrittes gingen sie zu einem dicken, eisenbeschlagenen Pfosten, der in der Mitte des Marktplatzes stand. Ihnen folgten vier Männer, die zwei hölzerne Bänke zu dem Pfahl schleppten und unweit davon aufstellten. Kaum hatten sie das getan, lief ein Raunen durch die Menge, als ein feister Mann in schwarzer Amtstracht den Platz betrat. Hinter ihm gingen zwei ernst dreinblickende und nicht weniger wohlhabend gekleidete Männer.

»Das ist der Vogt von Willenberg«, flüsterte Christoph Muriel zu. »Die beiden Männer hinter ihm sind Ratsherren.«

Muriel nickte. Sie wusste nicht, was ein Vogt war, spürte jedoch, dass er ein wichtiger Mann sein musste.

Den Ratsherren folgten sechs Soldaten mit Lanzen, die

eine junge Frau an einem Strick in die Mitte genommen hatten. Sie trug einen weiten Kittel aus grobem Leinen, der mehr ein Sack als ein Kleidungsstück war. Die langen hellblonden Haare hingen ihr wirr ins Gesicht. Ihre Hände waren vor dem Leib gefesselt, ihr Gesicht von Tränen verschmiert. Sie wirkte erschöpft, wehrte sich jedoch heftig und versuchte immer wieder durch ruckartiges Ziehen am Seil freizukommen.

»Wer ist das?«, wollte Muriel wissen.

»Das ist Gunhild, die Tochter des Apothekers Hubertus«, erklärte Christoph. »Sie war als Magd im Haus des ehrenwerten Gewandschneiders angestellt und wird beschuldigt, seinen kranken Sohn mit einem selbst gebrauten Trank vergiftet zu haben. Er ringt mit dem Tode. Deshalb wird ihr der Prozess gemacht.«

»Wirklich?« Muriel war entsetzt. »Was geschieht mit ihr?«

»Das kommt drauf an.« Christoph reckte sich, um zu sehen, wie die Verurteilte an den Pfahl gebunden wurde. Vier Männer waren nötig, um sie festzuhalten, denn sie wehrte sich, trat um sich, bespuckte die Männer und schrie dabei immer wieder, dass sie unschuldig sei.

»Worauf kommt es an?«, wollte Muriel wissen.

»Was der Rat entschieden hat.«

Die Menschen ringsumher beobachteten neugierig das Geschehen und rückten noch enger zusammen. Bald standen sie so dicht gedrängt, dass Muriel kaum noch etwas sehen konnte. Lautstark stritten sie darüber, ob die junge Frau nun schuldig oder unschuldig war. Einige beteuerten ihre Unschuld. Andere wiederum schimpften sie eine Giftmischerin und hoben drohend die Fäuste.

Als ein Gerichtsdiener vortrat, um die Anschuldigungen und das Urteil zu verlesen, wurde es still.

»Bürger von Willenberg«, las er laut und gut vernehmbar vor. »Nach den Gesetzen der heiligen Kirche und des Reiches wurde die beschuldigte Gunhild Elisabeth Junghans vom Rat der Stadt Willenberg der Giftmischerei für schuldig befunden. Da sie zuvor jedoch eine unbescholtene Jungfer gewesen ist, wird der Rat Milde walten lassen. Sollte sie ihre Schuld hier und jetzt vor Zeugen bekennen und die Tat bereuen, soll sie in ein Kloster gegeben werden, um dort um Vergebung ihrer Sünden zu beten.«

Er wandte sich an die Beschuldigte, sah sie auffordernd an und fragte: »Nun frage ich dich, Gunhild Elisabeth Junghans, bekennst du dich zu deinen Sünden, auf dass du für deine Verfehlungen büßen und deine Seele vor der ewigen Verdammnis retten kannst?«

»Ich bin unschuldig! Ich habe dem Kind nie einen Trank bereitet.« Die Worte gellten über den Platz und lösten einen Sturm der Empörung aus. Es dauerte eine Weile, ehe es wieder so ruhig war, dass der Gerichtsdiener weitersprechen konnte.

»Da sich die Beschuldigte verstockt zeigt und nicht willens ist, für ihre Sünden zu büßen«, rief er aus, »wird sie die vom ehrwürdigen Vogt und Stadtrat verhängte höchstmögliche Strafe treffen.« Seine Stimme nahm an Härte zu, als er verkündete: »Gunhild Elisabeth Junghans wird hiermit geächtet und zu ewig währender Verbannung verurteilt. Niemals wieder soll sie die Stadt Willenberg betreten oder in die Nähe dieser kommen. Unterkunft, Speis und Trank sind ihr zu versagen. Wer dies missachtet, den wird höchstselbst eine harte Strafe ereilen.«

Einige Leute empörten sich über das Urteil, andere jubelten.

»Aus der Stadt mit ihr! Aus der Stadt mit ihr!«, riefen sie im Chor. Aber der Gerichtsdiener war noch nicht fertig.

»Zum Zeichen der Schande sollen ihr zudem die Haare geschoren werden.« Er winkte einen der Männer herbei, die die Bänke getragen hatten, reichte ihm ein Messer und sagte: »Scherer, walte deines Amtes.«

Der Mann nickte, nahm das Messer und begann sofort damit, die langen blonden Haare der Frau dicht am Kopf abzuschneiden.

»Ich bin unschuldig! Ich bin unschuldig!« Die Frau gebärdete sich wie wild und schnappte immer wieder mit den Zähnen nach ihm, aber gefesselt, wie sie war, hatte sie keine Chance. Als der Scherer das erste Haarbüschel wie eine Trophäe in die Höhe hob, jubelten die Menschen auf dem Markt.

»Das ist gemein.« Muriel wünschte, sie könne sich irgendwohin verdrücken, aber die Leute standen so dicht beieinander, dass sie nicht fortkonnte.

»Es ist gerecht«, erwiderte Christoph ernst. »Wo kämen wir denn hin, wenn Giftmischerei nicht bestraft würde?«

»Aber sie sagt doch, dass sie unschuldig ist«, ereiferte sich Muriel. Die Frau am Schandpfahl tat ihr unendlich leid.

»Das sagen alle, die eines Verbrechens beschuldigt werden«, mischte sich eine rundliche Marktfrau in das Gespräch ein und erklärte nachdrücklich: »Wenn der Vogt sie für schuldig befunden hat, dann ist sie es auch.«

Kaum hatte sie das gesagt, wandte sich der Scherer um und meldete dem Vogt den Vollzug der Strafe.

Die Frau stand mit gesenktem Blick am Schandpfahl. Sie weinte. Mit dem kahl geschorenen Kopf war sie dem Gespött der Menge noch mehr ausgesetzt als zuvor. Die Leute verhöhnten und beschimpften sie und schreckten nicht einmal davor zurück, sie anzuspucken.

Endlose Minuten lang ließ der Gerichtsdiener es geschehen, ohne einzugreifen. Dann gab er den Soldaten ein Zeichen. Sie banden die Frau los und nahmen sie wieder in die Mitte.

Muriel sah, wie die Menschen zur Seite wichen, um eine Gasse für die Soldaten zu bilden. Sie führten die Verurteilte durch ein Spalier aus Menschen, die die junge Frau nicht nur verhöhnten und beleidigten, sondern auch immer wieder schubsten und stießen, um ihr zu zeigen, wie sehr sie sie verachteten.

Muriel war froh, als die Gruppe außer Sicht war und der Spuk ein Ende hatte.

»Was ist mit dir?«, fragte Christoph verwundert. »Man könnte meinen, du hast noch nie eine öffentliche Verurteilung gesehen.«

»Habe ich auch noch nicht!« Muriel atmete tief durch, als könne sie damit das Unbehagen vertreiben, das der Anblick der verstoßenen Frau bei ihr hinterlassen hatte.

»Jetzt sag bloß, sie tut dir leid.« Auf Christophs Gesicht zeigte sich eine Spur von Unverständnis.

»Ja, das tut sie.«

»Aber warum?« Christoph schüttelte den Kopf. »Sie hat ein Verbrechen begangen und muss dafür büßen. So lautet das Gesetz. Sie hat noch Glück gehabt und eine milde Strafe erhalten«, erklärte er. »Häufig werden Frauen wegen geringerer Vergehen als Hexen verurteilt und auf dem Scheiterhaufen verbrannt.«

»Hör auf!« Muriel hielt sich die Ohren zu. Im Geschichtsunterricht hatten sie fast eine Stunde lang über die grausamen Strafen gesprochen, zu denen die Menschen im Mittelalter oft verurteilt wurden. Es selbst zu erleben, war jedoch etwas ganz anderes.

Die Menge der Schaulustigen zerstreute sich langsam. Der Vogt und die Ratsherren kehrten ins Rathaus zurück. Die Männer trugen die Bänke fort. Als sei nichts geschehen, nahmen die Bürger von Willenberg ihre Besorgungen wieder auf. Sogar die Musikanten fanden sich wieder ein, um die Besucher das Marktes zu unterhalten.

»Ich gehe jetzt den Hufschmied fragen, ob er deiner Mutter helfen kann«, kündigte Christoph an.

»Meiner Mutter?« Muriel brauchte ein Weile, um zu verstehen, was er damit meinte. Dann fiel ihr die Geschichte wieder ein, die sie ihm erzählt hatte.

»Oh! Ja, natürlich!«, sagte sie hastig. »Meine Mutter wird sich sicher schon Sorgen machen, wo ich so lange bleibe. Bitte beeile dich.«

»Kommst du nicht mit?« Christoph runzelte die Stirn.

»Ich warte hier auf dich«, Muriel fuhr sich mit der Hand müde über die Augen. »Ich bin heute schon so weit gelaufen. Meine Füße tun mir weh.«

»Wenn deine Füße so zart sind wie deine Hände, ist das kein Wunder.« Christoph grinste. »Also gut, warte hier. Ich bin gleich zurück.«

»Danke.« Muriel lächelte ihm zu und sah ihm nach, wie er eilig davonrannte. Sie hatte nicht vor auf ihn zu warten und war froh eine Gelegenheit gefunden zu haben, sich unauffällig zu verdrücken. Kaum dass er um die nächste Hausecke verschwunden war, drehte sie sich um, raffte ihr Kleid mit den Händen in die Höhe und lief so schnell sie konnte den Weg zurück, den sie gekommen war.

Sie hatte genug vom Mittelalter gesehen und wünschte sich nichts sehnlicher, als möglichst bald in ihre eigene

Welt zurückzukehren. Doch das ging nur mit Ascalon und der wartete irgendwo draußen vor der Stadt auf sie.

Mit großen Schritten überquerte sie den Platz, bog in die Gasse ein, durch die Christoph sie zum Markt geführt hatte, und fand sich schon bald auf der Straße wieder, die aus der Stadt hinaus zum nahen Wald führte. Die Menschen, an denen sie vorbeihastete, sahen ihr verwundert nach, aber niemand hielt sie auf oder sprach sie an.

Am Stadtrand musste Muriel eine kurze Verschnaufpause einlegen. Sie hatte lange nichts getrunken und bis auf den kleinen Apfel auch nichts gegessen. Nun war ihr Hals vom Laufen trocken und die Knie weich vor Hunger.

Für die nächste Reise sollte ich mir wohl besser etwas Proviant einstecken, dachte sie und ärgerte sich darüber, dass sie nicht gleich daran gedacht hatte. Erschöpft ging sie zu einem großen Felsen, der am Wegesrand im Schatten einer knorrigen Eiche lag, und setzte sich, um ein wenig auszuruhen. Müde stützte sie das Kinn auf die Hände und schloss die Augen.

Es dauerte nicht lange, da hörte sie Schritte sich nähern. Sie blickte auf und erkannte die sechs Soldaten, die die junge Frau aus der Stadt geführt hatten. Offenbar hatten sie ihre Pflicht erfüllt, denn sie kehrten ohne die Frau nach Willenberg zurück.

Ein Schauer lief Muriel über den Rücken, als sie daran zurückdachte, was sich auf dem Marktplatz abgespielt hatte.

Die Menschen haben es einfach geschehen lassen, überlegte sie. Selbst jene, die sie für unschuldig hielten, haben nichts gesagt. Muriel konnte das nicht verstehen.

»Man darf nicht wegsehen, wenn anderen ein Unrecht geschieht«, sagte ihre Mutter immer. *»Wer nicht hilft, macht sich mitschuldig am Unglück der anderen.«*

Hier hatten alle weggesehen. Niemand hatte auch nur ein gutes Wort für die arme Frau eingelegt, die doch selbst immer wieder ihre Unschuld beteuert hatte.

»Eine düstere Zeit«, hatte die Göttin zu Muriel gesagt. Und sie hatte mit »Ich weiß« geantwortet. Aber das war falsch. Nichts hatte sie gewusst. Gar nichts. Ein paar Sätze in einem Geschichtsbuch konnten nicht beschreiben, was sie in dieser kurzen Zeit hier für Eindrücke gewonnen hatte.

In dieser Zeit hätte sie nicht leben wollen, dessen war sie sich schon jetzt sicher. Aber dafür war sie ja auch nicht hierhergekommen. Sie hatte Beweise gesucht und gefunden. Sie war eindeutig im mittelalterlichen Willenberg gewesen. Die Göttin hatte die Wahrheit gesagt: Ascalon konnte wirklich durch die Zeit reisen.

Auf der Straße ertönte Hufschlag. Muriel hob den Kopf und sah Ascalon den Weg entlangkommen. Seine Mähne glänzte im Sonnenlicht und sein Fell schimmerte, als wäre es aus Seide. Als er sie erkannte, wieherte er freudig und kam auf sie zu.

»Du hast wohl meine Gedanken gelesen«, begrüßte sie

ihn lachend. Dann stand sie auf, schlang die Arme um seinen Hals und schmiegte die Wange an sein weiches, sonnenwarmes Fell. Für wenige Atemzüge stand sie so da, rührte sich nicht und genoss die vertraute Nähe des Pferdes. Dann kletterte sie auf den Felsen, um sich das Aufsitzen zu erleichtern, schwang sich auf Ascalons Rücken und sagte zu ihm: »Ich bin sehr durstig und würde gern etwas trinken. Danach möchte ich aber wieder zurückreisen.«

Ascalon schnaubte leise, wandte sich um und trabte auf den Wald zu. Muriel fürchtete, dass er gleich den Rückweg antreten würde, aber Ascalon schien sie sehr wohl verstanden zu haben. Auf halbem Weg zum Wald bog er auf eine Wiese ein und galoppierte mit Muriel darüber hinweg. Ein Bauer, der in der Ferne mit einer Sense arbeitete, hielt bei der Arbeit inne und sah ihnen verwundert nach.

Aber nun war es Muriel gleichgültig, ob man sie auf Ascalon reiten sah. Sie schaute voraus und erkannte das silberne Band eines kleinen Flusses, der sich, von hohen Schwarzerlen gesäumt, wie eine Schlange durch die ausgedehnte Wiesenlandschaft wand.

Die Wille. Gleich darauf tauchte die Willenberger Wassermühle hinter den Erlen auf. Das auf Feldsteinen errichtete Fachwerkhaus sah fast so aus, wie Muriel es aus ihrer Zeit kannte, nur dass es jetzt natürlich nicht verfallen und unbewohnt war. Sogar das große hölzerne Mühlrad drehte sich klappernd.

Muriel erinnerte sich, dass die Mühle Christophs Onkel gehörte. Bei dem Gedanken wurde ihr etwas unbehaglich zumute. Aber Ascalon hatte gar nicht vor, zur Mühle zu laufen. Er nahm den direkten Weg zum Flüsschen, hielt an einem sandigen Uferstück inne und begann zu saufen.

Muriel sprang von seinem Rücken, kniete am Ufer nieder und schöpfte sich das Wasser mit den Händen in den Mund. Sie war so durstig wie schon lange nicht mehr und froh, endlich etwas trinken zu können. In ihrer Welt hätte Mam ihr streng verboten, das Wasser der Wille an dieser Stelle zu trinken, weil die Abwässer des Willenberger Klärwerks ein Stück flussaufwärts eingeleitet wurden, aber selbst das wäre ihr in diesem Augenblick egal gewesen.

Zu ihrer großen Überraschung war das Wasser klar und schmeckte einfach köstlich. Ganz anders als das trübe und modrig riechende Willewasser ihrer Tage, das im Frühling, wenn die Algen blühten, oft so grün wie Götterspeise wurde.

»Ich danke dir, mein Freund«, sagte sie zu Ascalon, als sie getrunken hatte, klopfte ihm freundschaftlich den Hals und fügte hinzu: »Und jetzt bring mich nach Hause.«

Wie der Wind flog Ascalon über die Wiese dahin auf den fernen Wald zu. Muriel war aufgeregt. Jetzt konnte es nicht mehr lange dauern, bis er den Sprung durch die Zeit wagte.

Als sie aus dem Sonnenschein in den schattigen Wald ritten, konnte sie für einen Augenblick nichts sehen. Schnell kniff sie die Augen zusammen, damit diese sich an die Dunkelheit gewöhnten.

Als sie sie blinzelnd wieder öffnete, sah sie die Frau. Sie stand keine zehn Meter entfernt mitten auf dem Weg und reckte ihr die Arme flehend entgegen. Jedes andere Pferd hätte sie gewiss über den Haufen geritten, aber Ascalon reagierte, ohne dass Muriel ihn anweisen musste. Wie durch ein Wunder kam er unmittelbar vor der Frau zum Stehen, schüttelte schnaubend die Mähne und scharrte nervös mit dem Huf.

Muriel war so erschrocken, dass sie im ersten Augenblick kein Wort herausbekam. Als sei sie ein Gespenst, starrte sie die junge Frau an, die da mit kurz geschorenen Haaren und einem sackähnlichen Kittel vor ihr stand und mit großen Augen zu ihr aufschaute.

Dieselbe Frau, die vorhin auf dem Marktplatz vor aller Augen aus Willenberg verstoßen wurde.

»Helft mir, edle Frau«, sagte sie mit bebender Stimme. »Bitte helft mir. Ich habe Hunger und Durst und weiß nicht, wohin. Wendet Euch nicht ab, ich flehe Euch an. Ihr seid meine letzte Hoffnung.«

»Ich habe weder zu essen noch zu trinken bei mir.« Es brach Muriel fast das Herz, dem Mädchen in ihrem Elend nicht helfen zu können. Sie war wirklich noch sehr jung. Vielleicht fünfzehn oder sechzehn Jahre alt, also nicht viel älter als sie selbst. Aber in diesen Zeiten galt sie vermutlich schon als erwachsen.

Muriel fühlte sich ihr irgendwie verbunden. Nach allem, was sie hatte erdulden müssen, hätte sie ihr wirklich gern geholfen. Doch sie besaß ja selbst nichts außer der Kleider, die sie am Leib trug. Dann hatte sie eine Idee: »Wenn du willst, kannst du bei mir aufsitzen. Mein Pferd ist ausgeruht und kräftig. Es kann dich bestimmt irgendwo hinbringen, wo man dir helfen kann. Zu Verwandten vielleicht, die dich aufnehmen oder zu einem Kloster, in dem man sich um dich kümmern wird.«

»Das ... das würdet Ihr wirklich für mich tun?« Die vom Weinen rot verquollenen Augen der jungen Frau leuchteten, als sie das hörte. »Gott segne Euch!« Sie ergriff Muriels Hand und presste sie sich gegen die Stirn. »Gott segne Euch«, sagte sie noch einmal.

Ascalon schüttelte die Mähne und scharrte noch etwas heftiger mit dem Huf. Aber Muriel achtete nicht darauf. Sie war so glücklich, etwas für die Verstoßene tun zu können, dass sie es nicht einmal bemerkte.

»Gibt es denn einen Ort, an den ich dich bringen könnte?«, fragte sie.

»Einen Tagesmarsch von hier in Sudweil lebt eine Anverwandte von mir«, erklärte die Frau. »Wenn Ihr mich dorthin brächtet, wäre ich sehr glücklich.«

»Natürlich! Komm, ich helfe dir beim Aufsitzen.« Muriel streckte der Frau die Hand entgegen.

Im gleichen Augenblick trabte Ascalon an.

»Ascalon!« Muriels Stimme gellte durch den Wald. »Steh, Ascalon!« Aber Ascalon blieb nicht stehen. Muriel schaute sich um und sah, wie die Frau ihr ein Stück hinterherlief, auf die Knie sank und die Hände verzweifelt vors Gesicht schlug.

»Ascalon!« Muriel war außer sich. »Was ist denn bloß in dich gefahren? Kehr sofort um, damit wir der armen Frau helfen können. Brrr … Ascalon, steh!«

Aber Ascalon hörte nicht auf sie. Sosehr sie auch schimpfte, flehte und bettelte. Er dachte gar nicht daran umzukehren. Die Frau blieb rasch hinter ihnen zurück, wurde zu einem hellen Fleck auf dem dunklen Waldboden und war kurz darauf nicht mehr zu sehen.

»Du bist gemein … gemein.« Wütend trommelte Muriel mit den Fäusten auf Ascalons Nacken. Sie hatte der Frau doch nur helfen wollen.

Zurück durch die Zeit

Ascalon lief immer schneller und galoppierte den Waldweg entlang, bis die Bäume und Sträucher des Waldes mit dem Licht der Abendsonne zu einem grün-goldenen Muster verschmolzen.

Gleich würde der Zeitsprung kommen. Obwohl sie immer noch wütend war, hielt Muriel den Atem an und klammerte sich an der Mähne fest. Sie spürte jede einzelne der kraftvollen Bewegungen, hörte den dumpfen Dreischlag der Hufe auf dem Waldboden und vergaß vor Anspannung sogar ihren Ärger über Ascalons störrisches Verhalten.

Dann wurde es finster, still und eisig kalt. Wie schon bei ihrem ersten Ritt durch die Zeit schossen wie aus dem Nichts die gleißenden Blitze heran, die sie aufzuhalten versuchten. Und wie schon beim ersten Mal galoppierte Ascalon unbeirrt weiter, während sein Fell unter der Kraft der Blitze zu schimmern begann und Funken aus seiner Mähne stoben.

Es dauerte nicht lange, da fand sich Muriel in der schon vertrauten Wolke aus Licht wieder, die selbst die Blitze nicht durchdringen konnten.

Ascalon preschte durch das seltsame Unwetter, als kenne er weder Müdigkeit noch Erschöpfung, und endlich, nach einer Zeit, die ihr wie eine kleine Ewigkeit vorkam, wurden die Blitze weniger. Die leuchtende Wolke verblasste und Ascalons Fell nahm wieder die nussbraune Farbe an.

Muriel löste die verkrampften Hände aus der Mähne und atmete auf. Sie fühlte, wie Ascalon langsamer wurde, und richtete den Blick nach vorn, wo aus der Dunkelheit allmählich die Umrisse von Bäumen hervortraten. Fast beiläufig bemerkte sie, dass sie nun wieder Jeans, T-Shirt, Sweatjacke und Sneakers trug.

Ich bin zurück. In ihrem Kopf gab es nur diesen einen Gedanken.

Und wirklich: Schon wenige Herzschläge später erkannte sie vor sich die kleine Hütte, in der sie mit der Göttin gesprochen hatte. Ascalon hielt direkt darauf zu und diesmal fürchtete Muriel sich nicht. Wie selbstverständlich glitt sie von seinem Rücken und ging zur Tür, die sich wie von Geisterhand für sie öffnete.

»Muriel.« Die Göttin saß in einem der Korbstühle vor dem Kamin und drehte sich zu ihr um, als sie hereinkam.

»Trete näher und setze dich zu mir. Ich bin gespannt zu erfahren, wie es dir ergangen ist.«

»Ja, wissen Sie das denn nicht?«, fragte Muriel, die irgendwie der Meinung war, dass Götter alles sehen und hören könnten.

»O nein.« Die Göttin schüttelte den Kopf. »Die Vergangenheit ist für mich unerreichbar. Sonst könnte ich meine Fehler von damals ja auch selbst beheben. Ich kann nur sehen, was ist. Nicht das, was war, und nur ganz selten gelingt mir noch ein Blick auf das, was kommen wird.« Sie seufzte melancholisch. »Früher war das einmal anders. Damals, als ich noch mächtig war, konnte ich sehr wohl in die Zukunft sehen. Doch diese Zeiten sind längst vorbei.« Sie verstummte und schaute für einen Augenblick sinnend in die Flammen des Kaminfeuers. Dann atmete sie tief durch, machte eine wegwerfende Handbewegung und sagte energisch: »Aber, ach, was jammere ich hier herum? Es hat keinen Sinn, Vergangenem nachzutrauern. Die Zukunft ist es, die wir meistern müssen.« Sie lächelte und wartete, bis Muriel Platz genommen hatte.

»Und nun erzähle mir, wie es dir ergangen ist«, bat sie noch einmal. »Glaubst du mir nun, dass ich dir die Wahrheit sagte?«

»Ja.« Muriel nickte so überzeugend, dass weitere Erklärungen überflüssig waren. Dennoch fügte sie mit leuchtenden Augen hinzu: »Es war fantastisch. Ascalon ist ein tolles Pferd. Ein richtiges Wunderpferd. Er hat mich tatsächlich ins Mittelalter getragen. Nach Willenberg. Ich habe den Markt gesehen und die Kirche, die heute noch so aussieht wie damals. Auch die Mühle gab es schon ...« Sie wusste, dass sie viel zu schnell sprach, aber das war ihr gleichgültig. Sie hatte etwas so unglaublich Aufregendes erlebt, dass die Worte nur so aus ihr heraussprudelten.

»Das Schicksal der jungen Frau mit anzusehen, ohne ihr helfen zu können, hat mich sehr traurig gemacht«, beendete sie schließlich ihren Bericht. »Und ich bin wütend auf Ascalon, weil er nicht zugelassen hat, dass ich ihr helfen konnte.« Muriel spürte, wie ihr bei der Erinnerung an die Verzweiflung der Frau die Tränen kamen. »Ich wollte sie aufsitzen lassen, um sie in Sicherheit zu bringen«, erzählte sie. »Da ist er einfach losgelaufen. Dabei wäre es so leicht gewesen, sie von der Stadt fortzubringen. Sie wollte nach Sudweil, wo sie ...«

»Du musst dich nicht um sie sorgen«, unterbrach sie die Göttin. »Ihr ist nichts geschehen. Sie ist auch ohne dein Zutun in Sicherheit gelangt.«

»Wirklich?« Muriel runzelte die Stirn. »Woher wissen Sie das? Sie sagten doch gerade, dass Sie nicht ...«

»... in die Vergangenheit sehen können?« Die Göttin nickte bedächtig. »Das stimmt, aber ich erinnere mich an sie.« Sie zwinkerte Muriel zu. »Ich weiß zufällig, dass das Schicksal es sehr gut mit ihr meinte. Sie wurde von einer Kräuterfrau gefunden und gesund gepflegt. Das Urteil gegen sie wurde später aufgehoben, als es dem Kind wieder besser ging und sich herausstellte, dass es Tollkirschen gegessen hatte. Sie kehrte dann nach Willenberg zurück und heiratete später einen Schmied, dem sie drei Söhne schenkte.«

»Woher wissen Sie das alles?«, fragte Muriel.

»Sagen wir mal so: Ich habe für sie ein wenig Schicksal gespielt und das so eingefädelt.« Die Göttin lächelte geheimnisvoll.

»Cool.« Muriel atmete auf. »Dann ist ja doch noch alles gut geworden.«

»Ja, das ist es. Und deshalb durftest du auch nicht eingreifen«, beeilte sich die Göttin zu erklären. »Ich habe dich ganz bewusst dorthin geschickt, um dir an ihrem Beispiel zu zeigen, welche Auswirkungen es hätte, wenn du ihr geholfen hättest.«

»Und welche wären das?« Muriel lauschte gespannt.

»Nun, ihre Söhne heirateten natürlich wieder und auch sie bekamen Söhne und Töchter. Wenn du den Stammbaum der Familien bis in deine Zeit verfolgen würdest, dann würdest du feststellen, dass die Frau eine Urahnin deiner Freundin Nadine gewesen ist.« Die Göttin machte eine bedeutungsvolle Pause und fuhr dann fort: »Angenommen, du hättest ihr geholfen und sie nach Sudweil gebracht, dann wäre ihr Leben ganz anders verlaufen. Sie hätte nie von ihrer Unschuld erfahren und wäre nie nach Willenberg zurückgekehrt. Dadurch wäre sie dem Schmied nie begegnet und hätte ihm nie drei Söhne geboren, die dann ebenfalls Kinder gehabt hätten ...« Wieder verstummte sie, um Muriel Gelegenheit zu geben, den Gedanken zu Ende zu führen. Dann sagte sie: »Und nun überlege, was du vorgefunden hättest, wenn du dann nach Hause zurückgekommen wärst.«

»Sie meinen ...« Muriel schluckte, als sie begriff, worauf die Göttin hinauswollte. »Sie meinen, Nadine wäre dann nicht mehr da gewesen? Sie ... sie wäre überhaupt niemals geboren worden?«

»Genauso ist es!« Die Göttin nickte. »Und nicht nur das. Die Geschichten unzähliger Familien wären durch diesen winzigen Eingriff komplett verändert worden. Neue wären entstanden, andere hätten nie existiert.«

»Oh.« Was die Göttin ihr da erzählte, war für Muriel so ungeheuerlich, dass ihr die Worte fehlten. War es möglich, dass ein so winziger und gut gemeinter Eingriff in die Geschichte so dramatische Folgen haben konnte?

»Das ist echt unglaublich.«

»Ja, das ist es«, sagte die Göttin ernst. »Aber es ist ungemein wichtig, dass du verstehst, welche Verantwortung dir Ascalon durch seine Gabe auferlegt. Wenn man es ganz genau nimmt und der schlimmste Fall eintritt, könntest du sogar dich selbst mit einer solch unbedachten Handlung auslöschen – verstehst du?«

»Ich? Mich?« Muriel erschrak. So weit hatte sie noch gar nicht gedacht.

»Keine Sorge.« Die Göttin lächelte milde. »An einen

solchen Ort würde ich dich niemals schicken. Dennoch musst du um die Gefahr wissen, ehe du dich entscheidest, ob du Ascalon in Zukunft bei seinen Aufgaben helfen willst.«

... ehe du dich entscheidest ...

Muriel erschrak. Über die Aufregung hatte sie den wahren Grund für ihre Reise ins Mittelalter fast vergessen. Sie war ja nicht allein deshalb nach Willenberg geritten, um zu beweisen, dass Ascalon durch die Zeit reisen konnte. Sondern auch, weil sie sich entscheiden sollte, ob sie ihm bei den Aufgaben helfen wollte, die die Göttin künftig für ihn bereithielt.

Sie zögerte kurz, dann straffte sie sich und sagte: »Ich helfe ihm!« Ihr Entschluss stand fest. Ein wenig mulmig war ihr zwar noch zumute, weil sie nicht wusste, was für Abenteuer sie erwarten würden, aber in einem war sie sich sicher: Ascalon würde sie niemals wieder hergeben.

»Diese Antwort überrascht mich nicht.« Die Göttin erhob sich lächelnd und legte die Hand auf Muriels Kopf. »Ascalon wählt seine Gefährten sehr bewusst aus. Die Gabe der Zeitreise und das Wissen um seine Bestimmung erwacht bei ihm immer dann, wenn ich ihn aufsuche und die Erinnerungen in ihm wecke. Vorher ist er ein Pferd wie jedes andere. Ist das Erbe erst einmal geweckt, verändert er sich. Getrieben vom Wunsch, mir zu helfen, macht er sich sofort auf die Suche nach einem Reiter, der ihn auf seinen Abenteuern begleitet. Dabei verlässt er sich ganz auf seinen Instinkt und die Gabe, Menschen an ihrer persönlichen Aura zu erkennen. Er spürt, zu wem er Vertrauen haben kann, und weiß immer sehr genau, mit wem er sein Geheimnis teilen kann. Dabei hat er sich in all den Jahrhunderten nur ein einziges Mal getäuscht, auch wenn die Suche manchmal viele Monate dauert. Ihr beide gehört zusammen«, sagte sie feierlich. »Er hat eine gute Wahl getroffen. Von nun an wirst du, Muriel, als Wächterin des Schicksals darüber wachen, dass die großen Geheimnisse der Menschheit gewahrt bleiben, bis ihre Zeit gekommen ist.« Sie blickte Muriel an und fragte ganz direkt: »Bist du dazu bereit?«

»Ja, das bin ich.« Muriels Stimme schwankte kein bisschen.

»Du bist wirklich ein mutiges Mädchen«, hörte sie die Göttin sagen. »Ascalon kann stolz auf dich sein.« Sie ging zu einem Tisch, nahm eine kleine hölzerne Schatulle zur Hand und kehrte damit zu Muriel zurück.

»Als Zeichen der Verbundenheit überreiche ich dir den Ring der Reisenden«, sagte sie und holte einen silbernen Ring aus der Schachtel hervor. »Reiche mir deine Hand.«

Ehrfürchtig hielt Muriel der Göttin ihre linke Hand entgegen. Kühl und fremd berührte das Metall ihre Haut, als diese ihr den Ring auf den Finger schob. Er war viel zu groß.

»Er ist …«, hob Muriel an, verstummte aber sogleich, weil die Göttin den Kopf schüttelte und mahnend den

Finger auf die Lippen legte. Mit beiden Händen umfasste sie Muriels Hand und sprach: »Dies ist der Ring der Wächter. Er wird von Generation zu Generation weitergegeben und ist etwas ganz Besonderes. Einst von einem Schmied der Wikinger für mich geschaffen und mit der Macht zweier germanischer Schriftzeichen versehen, besitzt er die Gabe, sich jedem Träger anzupassen ... « Sie nahm die Hände fort.

Muriel starrte ihre Finger an und sog erstaunt die Luft ein.

»Wie haben Sie das gemacht?«, rief sie aus und betrachtete staunend den Ring. Eben noch so groß wie für eine Männerhand gemacht, schmiegte er sich nun so perfekt an ihren schlanken Finger, als sei er extra für sie angefertigt worden.

»Ich sagte doch, es ist ein besonderer Ring.« Die Göttin lächelte geheimnisvoll. »Er gehört nun dir, solange du in meinen Diensten stehst.«

»Er ist wunderschön.« Ehrfürchtig fuhr Muriel mit dem Finger über die feinen verschlungenen Linien, die den Ring zierten. In der Mitte war er blank poliert. Dort war eine Reihe aus sich abwechselnden Buchstaben eingraviert.

»R und M«, las sie vor. »Was bedeuten die Buchstaben?«

»Das sind alte Schriftzeichen der Germanen«, erklärte ihr die Göttin. »Das R bedeutet Reise und steht für die

Reise auf allen Arten von Wegen und für die innere Führung. Das M bedeutet Pferd und steht für Vertrauen und Treue, für Beweglichkeit, Geschwindigkeit und das harmonische Zusammenwirken unterschiedlicher Kräfte. Diese Kräfte sind es, die dich leiten und dir die Kraft geben, die Abenteuer zu bestehen.«

»Cool!« Muriel fehlten die Worte. »Und ich darf ihn wirklich behalten?«, fragte sie.

»Solange du eine Wächterin bist – ja. Du musst ihn auf jedem Ritt in die Vergangenheit tragen. Vergiss ihn nie.« Die Stimme der Göttin wurde ernst. »Sollten Ascalon und du einmal getrennt werden, wird es der Ring sein, der euch wieder zusammenführt. Wo du auch bist, Ascalon wird dich finden, solange du den Ring bei dir hast.«

»Ich werde es mir merken.« Muriel nickte und schaute die Göttin an. »Danke!«

»Ich habe dir zu danken.« Nun lächelte auch die Göttin wieder. »Ohne die Hilfe einer Wächterin sind auch mir die Hände gebunden.« Sie stellte die Schatulle fort und straffte sich. »Doch nun wird es Zeit für dich heimzukehren.« Sie reichte Muriel die Hand, half ihr auf und begleitete sie zur Tür.

»Ach, und noch etwas«, sagte sie, ehe sie die Tür öffnete. »Dir ist hoffentlich bewusst, dass du niemandem etwas davon erzählen darfst. Weder von Ascalons besonderer Gabe noch von mir. Nicht von dem Ring, den du gut vor den Augen der anderen verbergen solltest, und schon gar nicht von den Reisen, die ihr zusammen unternehmen werdet. Versprichst du mir das?«

»Ich verspreche es!« Muriel hob die Hand zum Schwur. Wem sollte sie auch davon erzählen? Ihre Mutter, Teresa und alle andern würden sie garantiert für verrückt halten, wenn sie ihnen von einer Zeitreise erzählen würde oder davon, dass sie mit einer echten Göttin gesprochen hatte. Außer Vivien vielleicht, die würde vermutlich sofort darum betteln, beim nächsten Mal mitreiten zu dürfen. Ein Gedanke, der nicht weniger erschreckend war. Nein, diese Sache würde sie ganz für sich behalten. Wenn es sein musste, konnte sie schweigen wie ein Grab.

An der Seite der Göttin trat sie auf die Wiese hinaus. Diesmal wartete Ascalon nicht, bis sie zu ihm ging. Freudig wiehernd kam er auf sie zu und stupste sie mit seinen samtigen Nüstern liebevoll an.

»Spürst du, wie glücklich er ist?«, fragte die Göttin und reichte Muriel zum Abschied die Hand. »Ich bin froh, dass ihr euch gefunden habt. Es gibt nicht vieles, was ich in der Zukunft sehen kann, doch eines weiß ich gewiss. Wir werden uns schon bald wiederbegegnen.«

»Ich werde Sie bestimmt nicht enttäuschen.« Muriel schwang sich auf Ascalons Rücken, schnalzte mit der Zunge und ließ den Wallach antraben.

Muriel, die Wächterin des Schicksals, dachte sie bei sich. Verstohlen tastete sie noch einmal nach dem Ring an ihrem Finger, um sicherzugehen, dass er auch wirklich da war.

Ein magischer Ring. Es war einfach unglaublich! Endlich würde sie die Abenteuer erleben, von denen sie immer geträumt hatte, und das Beste: Ascalon würde immer an ihrer Seite sein.

Der Sprung zurück über den Weidezaun wirkte wieder seltsam entrückt. Die Tigermotte hatte die weißen Latten noch nicht hinter sich gelassen, die Weinbergschnecke sich so gut wie gar nicht bewegt. Mit einem gewaltigen Satz landete Ascalon in eben dem Augenblick auf der Wiese, als er Stunden zuvor zum Sprung angesetzt hatte.

Mit weit ausgreifenden Schritten galoppierte er am Zaun entlang, umrundete die Wiese und kam schließlich unmittelbar vor Titus zum Stehen, der ungeduldig gewartet hatte und sie schwanzwedelnd begrüßte.

»Hi, Titus! Da bin ich wieder.« Muriel rutschte von Ascalons Rücken, als sei nichts geschehen. Aber dem Hund konnte sie nichts vormachen. Schnuppernd und schnüffelnd stupste er ihre linke Hand immer wieder mit seiner feuchten Schnauze an, als gäbe es dort etwas, das sein Interesse geweckt hatte.

Der Ring!

Muriel schmunzelte.

»Lass das, Titus!«, schalt sie lachend und hielt die Hand so hoch, dass der große Sennhund sie nicht erreichen konnte. »Das ist nichts für dich. Komm jetzt, wir müssen zurück ins Haus.«

Muriel schlang die Arme zum Abschied noch einmal um Ascalons Hals und schmiegte die Wange an sein weiches Fell. Dann drehte sie sich um und lief, gefolgt von Titus, auf das Haus zu. Obwohl sie so viel erlebt hatte, war an Schlaf nicht mehr zu denken. Aber sie konnte wenigstens noch eine Weile in ihrem Bett liegen und in Ruhe über all das Aufregende nachdenken, das ihr heute widerfahren war, ehe der neue Tag begann.

Ein Wink des Schicksals?

Am nächsten Morgen hatte Muriel es mit dem Aufstehen nicht eilig. Es war Samstag. Sie hatte weder Hunger noch Durst und, was eigentlich selten vorkam, nur wenig Lust, sich mit jemandem zu unterhalten.

An diesem besonderen Morgen war sie sich selbst genug.

Immer wieder dachte sie an die Ereignisse der vergangenen Nacht. Die Sorge, dass alles nur ein Traum gewesen sein könnte, vertrieb sie damit, dass sie den silbernen Ring in den dünnen Sonnenstrahl hielt, der durch einen Spalt zwischen den geschlossenen Vorhängen hindurch auf ihr Bett fiel und das Metall aufblitzen ließ.

»Wächterin des Schicksals«, sagte sie leise und genoss den wohligen Schauer, den die Worte ihr über den Rücken jagten.

Wohin würde wohl ihre erste Reise gehen?

Welche Abenteuer mochten sie dort erwarten?

Welche Geheimnisse würde es dort zu bewahren geben?

Je länger sie darüber nachdachte, desto aufgeregter wurde sie.

Pock ... pock ... pock-pock-pock.

»Muriel? Bist du schon wach?«

Das war Vivien.

Muriel seufzte, ließ den Ring schnell unter der Bettdecke verschwinden und legte sich so hin, als sei sie gerade aufgewacht.

»Jetzt ja!«, knurrte sie unwirsch. »Was willst du?«

»Nichts!«, kam von draußen fröhlich die Antwort. »Ich wollte dich nur aufwecken. Mama sagt, du verschläfst sonst noch den ganzen Samstag.« Vivien kicherte und rannte davon.

»Blöde Kuh!« Muriel warf sich auf die andere Seite. Eigentlich hatte sie vorgehabt bald aufzustehen, aber sie gönnte ihrer kleinen Schwester nicht den Triumph, sie geweckt zu haben. Also wartete sie noch eine knappe Stunde und tat, als sei sie noch einmal fest eingeschlafen, ehe sie im Sleepshirt die Treppe hinunterging und gespielt verschlafen in die Küche tappte.

»Dios mío! Mi chica!« Teresa kam sofort herbeigeeilt, legte ihr die Hand auf die Stirn und fragte besorgt: »Du bist doch nicht etwa krank?«

»Nein, nur müde.« Muriel gelang es tatsächlich zu gähnen.

»Aber du bist ganz blass.« Teresa zog einen Stuhl heran. »Komm und setz dich erst mal«, sagte sie. »Nach einem kräftigen Frühstück fühlst du dich bestimmt gleich besser.«

»Ich fühle mich gut, wirklich«, beteuerte Muriel, während sie sich setzte. »Und ich habe keinen Hunger.« Sie fing einen misstrauischen Blick von Teresa auf und fügte rasch hinzu: »Jedenfalls nicht viel.«

Auf keinen Fall wollte sie Teresa einen Grund geben, sie für krank zu halten. Kranke gehörten für die resolute Spanierin ins Bett. Da kannte sie kein Pardon und Muriel hatte keine Lust, noch länger das Bett zu hüten. So verputzte sie tapfer das Schoko-Croissant und trank in großen Schlucken den Multivitaminsaft, den Teresa ihr reichte, ehe sie aufstand, um sich anzuziehen.

»Danke, das war lecker.«

»Hm.« Teresa, die gerade das Besteck sortierte, wandte sich zu ihr um. »Aber wenn dir etwas fehlt, sagst du es mir, ja?«, griff sie Muriels mögliches Unwohlsein noch einmal auf.

Muriel lachte. »Ja, klar. Aber keine Sorge, es geht mir wirklich gut. Ich ziehe mich jetzt an und kümmere mich um Ascalon. Ein kleiner Ausritt an der frischen Luft ist genau das Richtige bei dem schönen Wetter.«

»Nimmst du Titus mit?«, fragte Teresa. »Der faule Kerl war schon seit gestern Nachmittag nicht mehr draußen.«

»Jaha!« Muriel verdrehte genervt die Augen. Es war

immer das Gleiche. Sobald Teresa mitbekam, dass sie ausreiten wollte, drückte sie ihr Titus aufs Auge. Der Hund war wirklich eine Plage.

Zwei Stufen auf einmal nehmend, lief sie die Treppe hinauf. Sie wollte gerade in ihr Zimmer gehen, als sie hörte, wie im Arbeitszimmer ihrer Mutter das Telefon klingelte.

»Vollmer!«, hörte sie ihre Mutter sagen.

Muriel blieb stehen und lauschte.

»Oh, Madame de Chevalier«, tönte es von drinnen. »Wie schön, dass sie ... Wie bitte?«

Muriel stand wie angewurzelt.

Das ist der Anruf, auf den ich schon so lange gewartet habe, schoss es ihr durch den Kopf. Und obwohl sie wusste, dass es verboten war, legte sie das Ohr an den Türspalt und lauschte.

»Was? Eine Kartenlegerin hat Ihnen gesagt, dass Ascalon Ihnen Unglück bringt?« Muriel hörte, wie ihre Mutter auflachte. »Aber ich bitte Sie, daran glauben Sie doch nicht wirklich ... O nein, nein. Ich mache mich nicht über Sie lustig. Es ist nur ... Wie? ... Na ja, es stimmt schon: Das Auto hat er kaputt gemacht und den Makler hat er auch eingeschüchtert, aber deshalb ist er doch noch lange nicht ... Ein Teufel? Wie kommen Sie denn darauf? Ascalon ist ein Pferd. Ein ganz normales Pferd, wenngleich auch etwas verhaltensauffällig ... Wie? ... Nein, ich untertreibe nicht. Das ist meine Überzeugung als Tierärztin und Tierpsychologin … Ja, sicher ist mir klar, dass sich so kein Käufer finden wird. Aber geben Sie ihm doch noch etwas Zeit. Er wird sich bestimmt wieder … O nein …« Selbst auf dem Flur konnte Muriel spüren, wie erschrocken ihre Mutter war. »Warten Sie! Das ist ein sehr voreiliger Entschluss. Sie können das Pferd doch nicht nur wegen seines …«

»Du darfst nicht an der Tür lauschen!«

Muriel fuhr erschrocken zusammen, drehte sich um und blickte mitten in Viviens grinsendes Engelsgesicht.

»Das gibt Ärger!«, prophezeite Vivien mit unheilvoller Miene.

»Du musst es Mam ja nicht verraten«, entgegnete Muriel zerknirscht. Aber so einfach kam sie nicht davon. Vivien schien entschlossen, aus der Situation einen Vorteil für sich zu ziehen.

»Und was bekomme ich dafür?«, fragte sie schnippisch.

»Ich nehme dich gleich mit auf den Ausritt«, bot Muriel an. Eigentlich wäre sie lieber alleine geritten, aber Vivien brachte es fertig, sie dann tatsächlich zu verpetzen. Außerdem würde es mit Titus ohnehin kein langer Ausritt werden – aber das musste Vivien ja nicht wissen. »Du kannst mit auf Ascalon reiten.«

»Au ja!« Viviens Augen leuchteten. »Wann geht es los?«

»In einer halben Stunde.« Muriel war mit den Gedanken immer noch bei dem Telefonat und wählte die Zeit völlig willkürlich. Dabei versuchte sie verzweifelt noch ein paar Wortfetzen aus dem Arbeitszimmer aufzuschnappen, was aber nahezu unmöglich war, ohne das Ohr an den Türspalt zu legen.

»Du kannst dich schon mal umziehen«, zischte sie Vivien zu, in der Hoffnung, dass ihre Schwester dann endlich verschwinden würde.

»Du willst ja nur weiterlauschen!«, behauptete Vivien.

»Na und?« Muriel machte eine ungeduldige Handbewegung. »Du hast deinen Ausritt. Jetzt verschwinde endlich.« Sie war inzwischen so ungeduldig, dass sie es nicht länger aushielt. Ohne darauf zu warten, ob Vivien ihrer Aufforderung nachkam, legte sie wieder das Ohr an die Tür, als diese völlig überraschend von innen geöffnet wurde.

»Muriel!« Mit einer Mischung aus Überraschung und Ärger starrte Renata Vollmer sie an. »Hast du etwa gelauscht?«

»Nun, ich ... ich ...«, stammelte Muriel.

»Ja, hat sie!«, krähte Vivien wichtig dazwischen. »Ich habe gesehen, dass sie das Ohr an der Tür hatte.«

»Den Ausritt kannst du dir abschminken!« Muriel starrte Vivien an, als wolle sie sich jeden Augenblick auf sie stürzen. »Blöde Petze.«

»Selber blöde!« Vivien schnitt eine Grimasse und streckte Muriel die Zunge heraus.

»Pass auf, du!« Muriel machte einen Schritt auf Vivien

zu, die kreischend hinter dem Rücken ihrer Mutter Schutz suchte.

»Schluss damit, Kinder!«, herrschte Renata Vollmer die Mädchen an, ehe die Situation völlig außer Kontrolle geriet. »Was ist denn in euch gefahren? Ihr benehmt euch ja schlimmer als im Kindergarten.« Sie maß die beiden Streithähne mit strengem Blick.

»Also, Muriel?«, fragte sie noch einmal. »Was sollte das?«

»Ich ... ich wollte in mein Zimmer gehen«, startete Muriel einen schwächlichen Erklärungsversuch. »Da habe ich gehört, dass die Chevalier dich angerufen hat. Bitte, Mam, du musst das verstehen. Du weißt doch, wie lange ich schon darauf warte, dass sie sich wegen Ascalon hier meldet. Ich konnte einfach nicht weitergehen.«

»Glaubst du nicht, dass ich es dir sofort sagen würde, wenn ich was Neues höre?«, fragte ihre Mutter verärgert.

»Doch, schon. Aber ... Ach, ich weiß auch nicht.« Muriel kaute verlegen auf der Unterlippe. »Tut mir leid«, sagte sie schließlich kleinlaut. »Kommt nicht wieder vor.«

»Entschuldigung angenommen.« Renata Vollmer atmete tief durch, schlang den linken Arm um Vivien, die immer noch dicht neben ihr stand, und ging zu Muriel, um auch sie in den Arm zu nehmen. »Dann wäre das ja geregelt. Ich verstehe, dass du wegen Ascalon sehr angespannt bist, und denke, wir vergessen die Sache einfach. Ich wollte euch sowieso gerade rufen. Kommt mit ins Arbeitszimmer.« Sie zwinkerte Muriel zu. »Es gibt Neuigkeiten.«

»Ascalon bleibt bei uns? Wirklich?« Muriel sprang so schwungvoll auf, dass der Stuhl, auf dem sie gesessen hatte, nach hinten kippte. Am liebsten wäre sie ihrer Mutter vor Freude um den Hals gefallen, aber vor Vivien war ihr das dann doch zu kindisch.

»Wie?«, fragte sie atemlos. »Wie hast du das gemacht?«

»Ich habe gar nichts gemacht.« Renata Vollmer lächelte. »Es ist allein die Entscheidung von Madame de Chevalier. Weil sie nicht wusste, wie es mit Ascalon weitergehen soll, hat sie Rat bei einer Kartenlegerin gesucht.«

»Und was macht die?«, wollte Vivien wissen.

»Sie versucht die Zukunft aus Karten herauszulesen. Tarot nennt man das. Ich kenne mich damit nicht aus, aber es ist wohl so, dass man ihr eine Frage zur Zukunft stellt und dann eine Antwort erhält.«

»Also hat die Kartenlegerin gesagt, dass Ascalon hier bei uns bleiben soll.« Viviens Miene hellte sich auf, weil sie glaubte nun endlich alles verstanden zu haben.

»Nein, Schätzchen. So nicht.« Ihre Mutter schmunzelte. »Wenn es stimmt, was Madame de Chevalier mir erzählt hat, haben die Karten ihr vorausgesagt, dass Ascalon großes Unglück über das Gestüt bringen wird, wenn sie sich nicht sofort von ihm trennt. Sie sagte wohl etwas von schlimmen Krankheiten und finanziellem Ruin. Jedenfalls ist Madame de Chevalier fest davon überzeugt, dass der zertrümmerte Jeep und der zerfetzte Anzug des Maklers eindeutige Hinweise darauf sind, dass es so kommen wird.«

»So ein Blödsinn!«, entfuhr es Muriel. »Ascalon ist nicht bösartig.«

»Ich weiß.« Ihre Mutter nickte. »Und das habe ich ihr auch gesagt. Aber sie will davon nichts wissen. Schlimmer noch, nach dem Angriff auf den Makler sah sie als einzigen Ausweg, Ascalon einschläfern zu lassen.«

»Nein!«, riefen Muriel und Vivien wie aus einem Mund.

»Wie schön, euch mal so einig zu erleben.« Renata Vollmer lächelte. »Ich bin natürlich auch dagegen gewesen. Deshalb habe ich die Gelegenheit genutzt, ihr endlich ein Angebot zu machen. Wenn jemand so entschlossen ist, sein Pferd loszuwerden, stehen die Chancen gut, es günstig kaufen zu können. Tja, was soll ich noch sagen: Ich habe ein wenig verhandelt und nun darf Ascalon hierbleiben – für immer. Nächste Woche bekomme ich die Papiere und den Kaufvertrag.«

»Yippi!« Vivien sprang auf und warf sich ihrer Mutter an den Hals. »Danke, Mami.«

»He, Moment mal«, sagte diese verdutzt. »Ich dachte, du bist nicht gut auf ihn zu sprechen, nach dem Vorfall in der Halle?«

»Och, das ist doch schon lange her.« Vivien machte eine wegwerfende Handbewegung. »Das habe ich doch längst wieder vergessen.« Sie löste sich von ihrer Mutter, lief zur Tür und rief: »Das muss ich gleich Teresa und Andrea erzählen.«

»Was für ein Wirbelwind.« Kopfschüttelnd schaute Renata Vollmer ihrer jüngsten Tochter nach.

»Was für eine Nervensäge.« Muriel seufzte. Dann ging sie zu ihrer Mutter, schloss sie in die Arme und sagte: »Danke für alles.«

»Oh, das habe ich doch gern gemacht.« Ihre Mutter löste sich lachend aus der Umarmung. »Du weißt doch, dass ich ein großes Herz für Pferde habe. So ein prächtiges Tier darf einfach nicht eingeschläfert werden.« Sie zwinkerte Muriel zu: »Schon gar nicht, wenn meine älteste Tochter einen Narren daran gefressen hat. Trotzdem wundert es mich …«, sie machte eine Pause, »… dass die Chevalier sich so plötzlich anders entschieden hat. Die ganze Zeit ging es ihr nur darum, das Pferd noch möglichst teuer zu verkaufen, und nun war der Kaufpreis plötzlich kein Thema mehr. Ich muss schon sagen, das ist mal eine wirklich überraschende Fügung des Schicksals.«

»Findest du?« Muriel gab sich große Mühe, unbeteiligt zu klingen. Natürlich war der Sinneswandel kein Zufall und natürlich hatte das Schicksal die Hand im Spiel … Wenn sie gewollt hätte, hätte sie ihrer Mutter alles erklären können.

Aber das würde sie nicht tun. Dieses Mysterium behielt sie lieber für sich.

Das Referat

»Guten Morgen.«

»Gu-ten Mor-gen, Frau Mar-to-ni.«

Im gewohnt auf- und abschwellenden Singsang begrüßte die Klasse 7b des Willenberger Gymnasiums ihre Geschichtslehrerin am frühen Montagmorgen.

Frau Martoni lächelte und stellte ihre Tasche ab.

»So«, sagte sie gedehnt und blickte gewichtig über den Rand ihrer Brille hinweg in die Runde. »Heute ist, wie ihr wisst, der Tag der mündlichen Referate. Alle, die in der Ausarbeitung über die Inquisition eine Fünf oder Sechs geschrieben haben – und das waren ja einige –, haben heute die Möglichkeit, ihre Zensur durch einen kleinen Vortrag über das Leben im Mittelalter zu verbessern.« Sie machte eine kurze Pause, schaute die Kinder nacheinander an und fuhr dann fort: »Gibt es Freiwillige, die diese Gelegenheit wahrnehmen möchten? Oder soll ich abfragen?«

Eine Weile geschah nichts. Einige Schüler tauschten verschämte Blicke, andere sahen aus dem Fenster und wieder andere beschäftigten sich geflissentlich mit dem Inhalt ihrer Federtaschen.

»Niemand?«, hakte Frau Martoni nach.

»Ich würde es gern versuchen.« Zögernd hob Muriel den Arm.

»Ah, Muriel.« Frau Martoni lächelte. »Das freut mich. Dann komm doch nach vorn und erzähle der Klasse, was du herausgefunden hast.«

Muriel stand auf. Das Herz klopfte ihr bis zum Hals. Irgendwie scharrte ihr Stuhl viel lauter als sonst über den Fußboden. Die Klasse war viel stiller und der Gang zwischen den Tischen viel länger, als noch vor ein paar Minuten. Alle starrten sie an ...

Die Augen fest auf die Tafel gerichtet, ging sie nach vorn.

»Streberin!«

Das war Timo. Er flüsterte gerade so laut, dass Muriel es mitbekam, ohne dass Frau Martoni es hörte.

Blödmann.

Muriel tat, als hätte sie ihn nicht gehört.

»Nun, Muriel?«, fragte Frau Martoni, als sie vor ihr stand. »Worüber willst du uns denn etwas erzählen?«

»Über eine wahre Begebenheit aus Willenberg am Anfang des fünfzehnten Jahrhunderts.« Muriel sprach so leise, dass Nadine in der hintersten Reihe es sicher nicht verstanden hatte.

»Ah, Willenberg. Wunderbar.« Frau Martoni schien begeistert. »Unser Städtchen ist fast achthundert Jahre alt. Da hast du dich sicher durchs Stadtarchiv gearbeitet.«

»So ungefähr.«

»Gut, gut. Da bin ich sehr gespannt. Und deine Klassenkameraden sicher auch.« Frau Martoni rückte ihre Brille zurecht, nahm ihr Notenheft aus der Tasche und setzte sich auf den Stuhl hinter dem Schreibtisch.

»Du kannst anfangen.«

Wie still es ist, dachte Muriel. Bestimmt können alle meinen rasenden Herzschlag hören. Dann holte sie noch einmal tief Luft und sagte: »Anfang des fünfzehnten Jahrhunderts war Willenberg fast noch ein Dorf, das von kleinen Feldern und viel Wald umgeben war. Die Einwohner waren zumeist Handwerker, einfache Leute, die überwiegend arm waren, weil sie ihrem Lehnsherren hohe Abgaben zahlen mussten und selbst meist nur wenig zum Leben hatten. Die Kirche stand damals schon am Marktplatz, hatte aber statt der heutigen Pfannen Holzschindeln auf dem Dach. Auch die Mühle an der Wille war damals schon gebaut. Das Rathaus sieht heute noch fast so aus wie damals. Die anderen alten Fachwerkhäuser rund um den Marktplatz stehen heute nicht mehr. Darin wohnten ein Hufschmied, ein Kesselflicker, ein Harnischmacher und ein Schuhmacher. Ein Haus war eine Schenke. Einmal in der Woche war Markttag. Da kamen die Bauern von den Höfen der Umgebung, um ihre Waren dort feilzubieten …«

Je länger Muriel redete, desto leichter fiel es ihr. Die Reise mit Ascalon in die Vergangenheit wurde vor ihrem geistigen Augen wieder lebendig und sie schilderte der staunenden Klasse in farbenprächtigen Bildern, was sie gesehen und erlebt hatte. Sie erzählte nicht nur von der Stadt selbst, sondern auch von den Leuten, wie sie gekleidet waren und was sie zu essen hatten. Sie berichtete von den Musikanten auf dem Markt, von den Kindern und ihren Spielen und dass die Frauen damals zum Waschen an die Wille gingen.

Ganz leise wurde es, als sie von dem Prozess gegen die junge Frau berichtete und schilderte, wie ungerecht es damals zugegangen war. Wie die junge Frau am Schandpfahl beschimpft und bespuckt wurde und wie man sie schließlich nur mit einem Kittel bekleidet aus der Stadt gejagt hatte.

»... so war es damals in Willenberg«, schloss sie schließlich ihren Bericht.

In der Klasse war es mucksmäuschenstill. Was immer die Kinder erwartet hatten, einen so ausführlichen und packenden Bericht sicher nicht. Muriel schaute zur Uhr und bemerkte, dass sie fast zwanzig Minuten geredet hatte.

»Nun, Muriel.« Frau Martoni räusperte sich und fingerte an ihrer Brille herum. »Ich muss schon sagen, das war der ausführlichste Vortrag eines Schülers, den ich jemals gehört habe.« Sie lächelte zufrieden. »Dafür bekommst du von mir eine glatte Eins.«

»Danke!« Muriel strahlte und wollte zu ihrem Platz zurückgehen, aber Frau Martoni entließ sie noch nicht. Sorgfältig trug sie die Note Eins in ihr Heft ein, legte den Stift fort und bedachte Muriel dann mit einem langen Blick über den Brillenrand hinweg.

»Willenberg und die Bewohner hast du wirklich treffend beschrieben«, griff sie das Thema des Vortrags noch einmal auf. »Was mich aber am meisten beeindruckt hat, war dieser Prozess um das Mädchen. Den hast du so anschaulich geschildert, dass man meinen könnte, du wärst selbst dabei gewesen ...«

Muriel lächelte, sagte aber nichts. Sollten ruhig alle glauben, dass sie sich für dieses Referat durchs Stadtarchiv gewühlt hatte. Wie es wirklich dazu gekommen war, ging niemanden etwas an.

Beschwingt über ihren gelungenen Vortrag und die gute Zensur ging sie an ihren Platz zurück und sandte einen liebevollen Gedanken an Ascalon, der jetzt irgendwo auf der Weide des Birkenhofs graste. Ihm allein hatte sie das alles zu verdanken und er sollte wissen, wie glücklich sie war.

Es dauerte nicht lange, da spürte sie eine sanfte Berührung ihres Bewusstseins und das fast schon vertraute Gefühl der Nähe, das sie immer dann durchströmte, wenn Ascalon ihr etwas mitteilen wollte.

Muriel wurde ganz warm ums Herz.

Es kostete sie große Mühe, ihre überbordenden Gefühle

zu verbergen, während Timo von Frau Martoni nach vorn gerufen wurde, wo er stockend sein Referat vortrug.

Ascalon hatte ihre Botschaft tatsächlich empfangen und antwortete ihr sogar. Muriel konnte ihr Glück kaum fassen. Er war wirklich ein besonderes – nein, mehr noch – ein magisches Pferd.

Und so geht's weiter mit Muriel und Ascalon, dem magischen Pferd:

Im zweiten Band reisen Muriel und Ascalon im Auftrag der Schicksalsgöttin in die geheimnisvolle Welt der Maya. Ihre Aufgabe ist es, eine seltene Maya-Schrift verschwinden zu lassen, die das Rätsel um den plötzlichen Niedergang der Maya-Kultur lüften könnte – ein Geheimnis, das unbedingt gewahrt bleiben muss. Auf Ascalons Rücken reitet Muriel in die zu Maya-Zeiten prächtige Stadt Tikal, die inmitten des Dschungels von Mexiko liegt. Hier stellt sich heraus, dass es alles andere als einfach ist, an das wichtige Maya-Schriftstück heranzukommen. Denn dazu muss Muriel mitten hinein in die Höhle des Löwen – in den Palast des gefürchteten Maya-Priesters Ah Coyopa …

Ab Juli 2007 im Buchhandel

Monika Felten, Jahrgang 1965, lebt mit ihrer Familie auf dem Lande in der Nähe von Kiel, ist verheiratet und Mutter von zwei Söhnen. Eigentlich ist sie gelernte technische Zeichnerin, arbeitet aber seit der Jahrtausendwende ausschließlich als freie Autorin und Schriftstellerin.
Für ihre Romane »Elfenfeuer« und »Die Macht des Elfenfeuers« erhielt sie 2002 und 2003 den Deutschen Phantastik Preis.

Felten, Monika:
Ascalon – das magische Pferd
Die Wächter des Schicksals
ISBN 978 3 522 17875 4

Einband- und Innenillustrationen: Kathrin Treuber
Einbandtypografie: Michael Kimmerle
Innentypografie: Marlis Killermann, Winnenden
Schrift: Meridien und Rubinstein
Satz: KCS GmbH, Buchholz/Hamburg
Reproduktion: Medienfabrik, Möglingen
Druck und Bindung: Friedrich Pustet, Regensburg

5 4 3 2 1* 07 08 09 10

www.thienemann.de
www.monikafelten.de